Un monde sous une fausse pluie

Nouvelle, Volume 41

Bréhima Diarra

Published by Bréhima Diarra, 2024.

UN MONDE SOUS UNE FAUSSE PLUIE

First edition. July 25, 2024.

ISBN: 979-8227141279

Written by Bréhima Diarra.

Dédicace

À ma chère mère Déborah Aïcha, dont la sagesse, l'amour et le soutien inconditionnel ont été les fondations de mon parcours,

Et à mon père Zanipé, dont la force, l'inspiration et les valeurs ont guidé chacun de mes pas,

Je dédie ce livre avec toute ma gratitude et mon affection. Vous avez été les piliers de ma vie et les sources inépuisables de courage et de détermination. Votre amour et vos sacrifices ont façonné mon chemin, et cette œuvre est un témoignage de votre influence précieuse.

Avec tout mon amour,

Brehima DIARRA

Chapitre 1 : Le début de la tempête

Le soleil se couchait sur la ville de Bamako, capitale de Mati, répandant une lumière dorée sur les toits en tôle des maisons. Amidou, un jeune journaliste à la peau ébène et au regard déterminé, contemplait cette scène depuis la fenêtre de son modeste bureau à AES, la chaîne de télévision pour laquelle il travaillait. Il savait que le calme apparent dissimulait une tempête de désinformation qui menaçait de dévaster son pays.

La porte de son bureau s'ouvrit brusquement, interrompant ses pensées. Ibrahim, son collègue et ami de longue date, entra en trombe, tenant une pile de documents.

« Amidou, tu dois voir ça, » dit Ibrahim, essoufflé. « C'est encore pire que ce qu'on imaginait. »

Amidou prit les documents et les parcourut rapidement. Ils contenaient des preuves accablantes de fausses nouvelles circulant dans les médias locaux, semant la peur et la confusion parmi la population. Ces fake news provenaient de sources anonymes, mais Amidou savait que derrière se cachaient des forces malveillantes cherchant à exploiter les richesses de Mati.

« Nous devons agir rapidement, » déclara Amidou, ses yeux brillant de détermination. « Si nous ne faisons rien, Mati sera plongé dans le chaos. »

Ils décidèrent de convoquer une réunion d'urgence avec Koumba et Salima, les deux autres membres de leur équipe. Koumba, une journaliste expérimentée au sourire contagieux, et Salima, une jeune recrue brillante et passionnée, partageaient la même mission : rétablir la vérité et protéger leur pays.

Lors de la réunion, Amidou exposa la situation. « Nous faisons face à une attaque organisée de désinformation. Notre mission est de découvrir la vérité et de la partager avec le public avant que ces fake news ne causent des dégâts irréversibles. »

« Mais comment allons-nous identifier les responsables ? » demanda Salima, inquiète. « Ils se cachent derrière des identités fictives et des sites web anonymes. »

« Nous commencerons par analyser les motifs derrière ces fausses nouvelles, » répondit Koumba. « Il doit y avoir un lien entre elles, une sorte de schéma. »

Ibrahim hocha la tête. « Et nous devons aussi mobiliser la population. Si les gens savent qu'ils sont manipulés, ils seront plus résistants à la désinformation. »

Amidou acquiesça. « Exactement. Nous devons éduquer et informer. Mais surtout, nous devons rester unis et déterminés. »

Alors que la réunion touchait à sa fin, un sentiment de détermination inébranlable envahit la pièce. Amidou et son équipe savaient que la route serait longue et semée d'embûches, mais ils étaient prêts à tout pour défendre la vérité et protéger leur pays bien-aimé.

La tempête de désinformation ne faisait que commencer, et Amidou, avec ses collègues Ibrahim, Koumba et Salima, se préparaient à affronter les ténèbres pour ramener la lumière de la vérité à Mati.

Le lendemain matin, Amidou se leva à l'aube. Le soleil pointait à peine à l'horizon quand il sortit de chez lui, un simple appartement dans un quartier modeste de Bamako. Il savait que la journée serait longue et éprouvante, mais il était prêt. Ses pensées tournaient autour des informations qu'il avait reçues la veille.

À son arrivée à AES, la rédaction était déjà en ébullition. Les journalistes et techniciens allaient et venaient, préparant les émissions du jour. Amidou rejoignit rapidement son équipe dans une salle de réunion exiguë. Sur la table, des piles de journaux et de documents attendaient d'être examinées.

« Nous devons commencer par identifier les articles les plus virulents, » dit Amidou en s'asseyant. « Ibrahim, tu t'occuperas de compiler les fake news. Koumba, Salima, vous allez enquêter sur les auteurs des articles. »

Ibrahim acquiesça et se mit aussitôt au travail, ses doigts tapant rapidement sur le clavier de son ordinateur. Koumba et Salima prirent des notes avant de partir chacun de leur côté. Amidou, quant à lui, scrutait attentivement les gros titres des journaux du jour. La manipulation était subtile mais évidente pour qui savait où regarder.

Alors qu'il feuilletait les pages, son téléphone vibra. Il décrocha et entendit la voix inquiète d'un informateur.

« Amidou, il faut qu'on se voie. J'ai des informations sur les auteurs de ces articles. C'est plus gros que ce qu'on pensait. »

Ils convinrent de se rencontrer dans un café discret du centre-ville. Amidou quitta précipitamment le bureau, laissant Ibrahim gérer la situation en son absence. Le trajet jusqu'au café fut une succession de pensées confuses et d'hypothèses. Qui pouvait être derrière cette campagne de désinformation ?

En entrant dans le café, il repéra immédiatement son contact, un homme nerveux aux yeux fuyants. Amidou s'assit en face de lui, essayant de le mettre à l'aise.

« Alors, qu'est-ce que tu as pour moi ? » demanda-t-il, plongeant son regard dans celui de l'informateur.

L'homme prit une profonde inspiration avant de parler. « Il y a un réseau de journalistes corrompus, payés par des organisations étrangères. Ils ont pour but de déstabiliser Mati pour en tirer profit. Gilbert, Jeanne, Romain et Ali sont les têtes de ce réseau. Ils travaillent sous couverture et utilisent des pseudonymes pour publier leurs articles. »

Amidou sentit une montée d'adrénaline. Les noms de ses adversaires lui étaient maintenant connus. Il remercia son informateur et quitta le café, le cœur battant à tout rompre. De retour à AES, il convoqua immédiatement une réunion avec son équipe pour partager les nouvelles informations.

« Nous savons maintenant qui sont nos ennemis, » annonça-t-il. « Gilbert, Jeanne, Romain et Ali. Ils travaillent pour des intérêts étrangers. Nous devons redoubler d'efforts pour les exposer. »

Koumba se pencha en avant, son regard déterminé. « Nous devons trouver des preuves solides. Des documents, des enregistrements, tout ce qui peut les incriminer. »

« Je suis d'accord, » ajouta Salima. « Et nous devons aussi informer le public de ce qui se passe. Si les gens savent qui est derrière ces fake news, ils seront moins enclins à y croire. »

Ibrahim hocha la tête, déjà plongé dans ses recherches. « Je vais voir ce que je peux trouver sur eux. Des liens financiers, des connexions politiques, tout ce qui pourrait les relier à ces organisations. »

Les heures suivantes furent frénétiques. L'équipe travailla sans relâche, analysant des centaines de documents, interrogeant des sources et compilant des preuves. Amidou sentait la pression monter, mais il savait que c'était une bataille qu'ils devaient mener.

Alors que la nuit tombait sur Bamako, Amidou regarda ses collègues avec une nouvelle détermination. Ils étaient épuisés, mais l'espoir brillait dans leurs yeux. Ensemble, ils allaient lutter contre la désinformation et protéger leur pays.

« Demain, nous continuerons, » dit Amidou. « Nous ne pouvons pas laisser ces gens détruire Mati. La vérité triomphera. »

Avec ces mots, ils se dispersèrent, chacun rentrant chez soi pour un repos bien mérité. Amidou savait que la route serait longue et difficile, mais il était prêt à tout pour défendre la vérité. La tempête de désinformation venait à peine de commencer, et il se tenait prêt à affronter les ténèbres pour ramener la lumière à Mati.

Le lendemain matin, Amidou se leva avec une nouvelle résolution. Alors que le soleil se levait lentement sur Bamako, il ressentait l'urgence de la situation plus intensément que jamais. Après une rapide tasse de café, il se dirigea vers le bureau d'AES.

À son arrivée, il trouva l'équipe déjà en pleine activité. Ibrahim était plongé dans des articles de presse, ses yeux scrutant chaque ligne à la recherche de contradictions et d'incohérences. Koumba et Salima étaient au téléphone, contactant leurs sources pour obtenir des informations supplémentaires sur Gilbert, Jeanne, Romain et Ali.

« Amidou, viens voir ça, » appela Ibrahim. « J'ai trouvé un lien financier entre Romain et une société écran basée à l'étranger. Il semble que cette société soit utilisée pour financer ses articles. »

Amidou prit les documents que lui tendait Ibrahim et les examina attentivement. « C'est exactement le genre de preuve dont nous avons besoin. Continue à creuser. »

Koumba raccrocha le téléphone et se tourna vers l'équipe. « J'ai parlé à un ancien collègue de Jeanne. Apparemment, elle a reçu une grosse somme d'argent juste avant de commencer à publier des articles sur Mati. Il est prêt à témoigner. »

« Parfait, » répondit Amidou. « Salima, qu'as-tu trouvé de ton côté ? »

« Ali a des connexions politiques suspectes, » répondit Salima. « Il a des liens étroits avec plusieurs figures influentes à l'étranger. Je pense que nous devrions enquêter davantage sur ces connexions. »

Amidou acquiesça. « Nous avons une piste solide. Il est temps de passer à l'action. »

Ils passèrent la journée à compiler leurs découvertes, construisant un dossier solide contre les journalistes corrompus. Lorsqu'ils eurent enfin terminé, Amidou se sentit épuisé mais satisfait. Ils avaient franchi une étape importante dans leur quête de vérité.

« Demain, nous commencerons à exposer ces informations, » dit-il à son équipe. « Nous devons préparer un reportage spécial et informer le public de ce qui se passe vraiment. »

Alors qu'ils se préparaient à partir, Amidou prit un moment pour observer ses collègues. Ibrahim, Koumba, et Salima étaient plus que des collègues – ils étaient des alliés dans une lutte cruciale pour l'avenir de leur pays. Ensemble, ils allaient affronter la tempête de désinformation et ramener la vérité à Mati.

Chapitre 2 : L'équipe se forme

Le jour suivant, Amidou se réveilla avec un mélange d'excitation et de nervosité. Aujourd'hui marquait le début de leur contre-attaque. Il savait que révéler la vérité sur Gilbert, Jeanne, Romain et Ali serait risqué, mais c'était un risque qu'ils devaient prendre.

À son arrivée au bureau, il trouva Ibrahim déjà occupé à monter le reportage spécial. Les images, les témoignages et les preuves qu'ils avaient rassemblés étaient étalés sur plusieurs écrans. Koumba et Salima étaient en réunion avec le rédacteur en chef pour obtenir l'approbation finale.

« Nous devons être prêts à diffuser ce soir, » dit Amidou en s'approchant d'Ibrahim. « As-tu besoin d'aide ? »

« Non, ça va, » répondit Ibrahim sans lever les yeux de son écran. « Mais nous devons nous assurer que chaque détail est correct. Nous ne pouvons pas nous permettre la moindre erreur. »

Amidou hocha la tête. « Koumba et Salima sont en train de finaliser les derniers détails avec le rédacteur en chef. Une fois qu'ils auront donné leur accord, nous diffuserons. »

Plus tard dans la journée, Koumba et Salima revinrent avec un sourire triomphant. « Le rédacteur en chef est d'accord, » annonça Koumba. « Nous avons le feu vert pour diffuser ce soir. »

« Excellent, » répondit Amidou. « Assurons-nous que tout soit prêt. Ce soir, nous révélerons la vérité. »

La soirée arriva rapidement. Toute l'équipe était nerveuse, mais déterminée. Amidou se tenait devant la caméra, prêt à annoncer leur découverte au monde entier. Les lumières de studio étaient éblouissantes, mais il ignora l'inconfort et se concentra sur son message.

« Mesdames et messieurs, ce soir, nous avons des révélations importantes à vous partager, » commença-t-il. « Depuis des mois, notre pays est victime d'une campagne de désinformation orchestrée par des individus malveillants. Nous avons mené une enquête approfondie et avons découvert des preuves accablantes liant Gilbert, Jeanne, Romain et Ali à des organisations étrangères cherchant à déstabiliser notre nation. »

Le reportage se déroula sans accroc. Les preuves étaient solides, les témoignages convaincants. Amidou et son équipe avaient réussi à exposer la vérité. À la fin de l'émission, les réactions ne se firent pas attendre. Les téléphones de la rédaction ne cessèrent de sonner, des messages affluèrent de toutes parts.

« Nous avons réussi, » dit Salima, les larmes aux yeux. « Nous avons vraiment réussi. »

Amidou sourit, sentant un poids énorme se dissiper de ses épaules. « Ce n'est que le début, » répondit-il. « Nous devons continuer à lutter pour la vérité. Mais ce soir, nous avons fait un grand pas en avant. »

L'équipe se réunit une dernière fois avant de se séparer pour la nuit. Ils savaient que le chemin serait encore long et difficile, mais ils étaient prêts à affronter les défis à venir. Ensemble, ils avaient montré que la vérité pouvait triompher, même dans un monde sous une fausse pluie.

Le lendemain de la diffusion, Amidou arriva au bureau et trouva une atmosphère électrique. Les appels et les emails de soutien affluaient, mais il y avait aussi des messages menaçants. Leur reportage avait clairement fait des vagues.

« Regarde ça, » dit Ibrahim en montrant son écran. « Les réseaux sociaux sont en feu. Les gens sont furieux contre Gilbert, Jeanne, Romain et Ali. Mais il y a aussi beaucoup de fausses nouvelles qui tentent de discréditer notre reportage. »

« Nous nous y attendions, » répondit Amidou calmement. « C'est la preuve que nous les avons touchés là où ça fait mal. »

Koumba entra dans la salle avec une pile de journaux. « Les médias internationaux parlent de notre reportage. Nous avons attiré l'attention du monde entier. »

Salima, qui était en ligne avec un de leurs informateurs, raccrocha et se tourna vers ses collègues. « Nous avons une nouvelle piste. Une source interne affirme que Gilbert et son groupe préparent une contre-attaque. Ils vont essayer de nous discréditer en lançant des fausses accusations contre nous. »

Amidou acquiesça. « Nous devons rester vigilants et continuer à collecter des preuves. Mais nous devons aussi montrer à la population que nous sommes transparents et honnêtes. Si nous sommes ouverts sur notre démarche, ils auront moins de prise sur nous. »

Ils décidèrent de tenir une conférence de presse pour répondre aux questions et exposer leurs méthodes d'investigation. Amidou prit la parole devant une salle comble de journalistes.

« Merci d'être venus, » commença-t-il. « Notre mission est de défendre la vérité et de protéger notre pays des manipulations. Nous avons travaillé sans relâche pour découvrir les faits et nous continuerons à le faire. Aujourd'hui, nous voulons vous montrer comment nous procédons. »

Il expliqua en détail leur processus de vérification des informations, l'analyse des sources, et leur engagement envers la transparence. Les journalistes présents prirent des notes et posèrent des questions, créant un dialogue ouvert et honnête.

À la fin de la conférence, Amidou se sentit soulagé. Ils avaient réussi à gagner la confiance de la presse et à montrer qu'ils n'avaient rien à cacher. Mais il savait que la bataille était loin d'être terminée.

De retour au bureau, l'équipe se réunit pour planifier la suite. Ils devaient continuer à enquêter sur Gilbert, Jeanne, Romain et Ali, mais aussi se préparer à d'éventuelles attaques contre eux-mêmes.

« Nous devons être prêts à tout, » dit Amidou. « Ils vont essayer de nous discréditer, de nous intimider, et de nous diviser. Mais si nous restons unis et fidèles à notre mission, nous pouvons surmonter ces obstacles. »

Ibrahim proposa de renforcer leur sécurité numérique pour protéger leurs communications et leurs données. « Nous devons être prudents avec nos emails et nos téléphones. Utilisons des outils de cryptage et des protocoles de sécurité stricts. »

Koumba et Salima se chargèrent de renforcer leurs relations avec les sources et les informateurs. « Nous devons montrer que nous les soutenons et que nous sommes là pour eux, » dit Koumba. « Ils sont essentiels à notre travail. »

Alors qu'ils se préparaient à partir, Salima remarqua un message inquiétant sur son téléphone. « J'ai reçu une menace. Quelqu'un sait où j'habite. »

Amidou sentit une vague de colère et de peur. « Nous ne pouvons pas laisser ces intimidations nous arrêter. Nous devons signaler cela à la police et prendre des mesures pour assurer notre sécurité. »

Ils passèrent la soirée à renforcer les mesures de sécurité, installant des caméras et des systèmes d'alarme dans leurs maisons. Amidou ne pouvait s'empêcher de se demander jusqu'où iraient leurs ennemis pour les faire taire.

Malgré les menaces, l'équipe resta concentrée sur sa mission. Ils continuèrent à enquêter, à analyser des documents, et à préparer de nouveaux reportages. Chaque jour apportait son lot de défis, mais aussi de petites victoires qui les rapprochaient de leur objectif.

Alors qu'ils travaillaient tard un soir, Ibrahim trouva une nouvelle information cruciale. « Regardez ça, » dit-il en montrant un document. « Il y a une réunion secrète prévue entre Gilbert et des financiers étrangers. Si nous pouvons obtenir des preuves de cette rencontre, cela pourrait être un tournant décisif. »

Amidou sentit une lueur d'espoir. « Nous devons trouver un moyen d'infiltrer cette réunion et de collecter des preuves. C'est risqué, mais c'est notre meilleure chance. »

L'équipe se lança dans la préparation de cette mission, sachant qu'elle pourrait être la clé pour enfin mettre un terme à la campagne de désinformation qui menaçait leur pays. Amidou, Ibrahim, Koumba, et Salima étaient prêts à tout risquer pour la vérité, car ils savaient que l'avenir de Mati en dépendait.

L'équipe passa les jours suivants à préparer l'infiltration de la réunion secrète. Amidou et Koumba se chargèrent de trouver un déguisement et de créer des identités de couverture crédibles pour assister à la réunion.

Ibrahim et Salima mirent en place un réseau de surveillance pour enregistrer la rencontre sans se faire repérer.

La veille de la réunion, Amidou réunit son équipe pour une dernière revue des plans. « Nous devons être prêts à toutes les éventualités. Si quelque chose tourne mal, nous nous retirons immédiatement. La sécurité passe avant tout. »

Ils se rendirent sur place plusieurs heures avant la réunion, repérant les lieux et installant discrètement leurs équipements. Alors que le moment approchait, Amidou ressentait une montée d'adrénaline. C'était l'occasion qu'ils attendaient pour exposer les manipulations de leurs ennemis.

La réunion eut lieu dans un hôtel luxueux, à l'abri des regards indiscrets. Amidou et Koumba, déguisés en investisseurs étrangers, pénétrèrent dans la salle de conférence où Gilbert, Jeanne, Romain, et Ali les attendaient, entourés de leurs alliés financiers.

La tension était palpable. Amidou se força à garder son calme et à jouer son rôle. « Nous sommes ravis de rejoindre ce projet, » dit-il en serrant la main de Gilbert. « Nous croyons en votre vision pour Mati. »

La réunion commença et, rapidement, les discussions se tournèrent vers les stratégies de désinformation. Amidou et Koumba écoutaient attentivement, enregistrant chaque mot. Les preuves qu'ils collectaient étaient incriminantes.

Après ce qui sembla être une éternité, la réunion prit fin. Amidou et Koumba quittèrent l'hôtel discrètement, retrouvant Ibrahim et Salima qui les attendaient avec anxiété. « Nous avons tout ce dont nous avons besoin," dit Amidou en souriant. « Ils sont finis. »

Le lendemain, ils diffusèrent leur reportage. Les enregistrements de la réunion secrète faisaient la une de toutes les chaînes de télévision et des journaux. La population de Mati était outrée. Les appels à des enquêtes officielles se multiplièrent. Amidou et son équipe avaient réussi à exposer les véritables intentions de Gilbert, Jeanne, Romain, et Ali.

Chapitre 3 : Les ennemis de l'intérieur

La révélation publique des enregistrements provoqua une onde de choc à travers le pays. Les manifestations éclatèrent dans les rues de Bamako, réclamant justice et la fin des manipulations. Les autorités furent obligées de réagir, ouvrant une enquête officielle sur les activités de Gilbert et de ses acolytes.

Amidou, Ibrahim, Koumba, et Salima étaient soulagés de voir leurs efforts porter leurs fruits, mais ils savaient que la bataille était loin d'être terminée. Les ennemis qu'ils avaient démasqués ne se rendraient pas sans se battre.

« Nous avons fait un grand pas en avant, » déclara Amidou lors d'une réunion d'équipe. « Mais nous devons rester vigilants. Ils vont chercher à se venger. »

« Je pense que nous devrions continuer à surveiller leurs mouvements, » suggéra Ibrahim. « Ils ne vont pas abandonner leurs plans si facilement. »

Koumba hocha la tête. « Nous devons aussi nous assurer que les autorités ne soient pas corrompues. Si les enquêtes sont biaisées, nos efforts auront été vains. »

Salima proposa de renforcer leurs relations avec d'autres journalistes et médias indépendants. « Si nous pouvons créer un réseau de soutien, nous serons plus forts face à leurs attaques. »

Alors qu'ils continuaient à travailler, Amidou reçut un appel anonyme. La voix à l'autre bout de la ligne était tremblante et hésitante. « J'ai des informations sur Gilbert et ses associés. Ils prévoient quelque chose de gros pour se venger de vous. »

Amidou écouta attentivement, prenant des notes. « Merci de nous avoir prévenus. Pouvez-vous nous en dire plus ? »

« Je ne peux pas parler longtemps. Ils surveillent tout. Mais sachez que leur prochain coup pourrait être dévastateur pour Mati. Faites attention. »

Amidou raccrocha, songeur. Il partagea l'information avec son équipe, qui réagit immédiatement.

« Nous devons découvrir ce qu'ils préparent, » dit Ibrahim. « Si nous pouvons les arrêter avant qu'ils ne passent à l'action, nous pourrons protéger Mati. »

Koumba et Salima se lancèrent dans une nouvelle série d'enquêtes, contactant leurs sources et recueillant des indices. Amidou et Ibrahim se concentrèrent sur la surveillance des mouvements de Gilbert et de ses alliés.

Les jours passèrent dans une tension croissante. Chaque découverte semblait mener à une nouvelle intrigue, chaque indice pointait vers un complot encore plus sinistre. Amidou sentait la pression monter, mais il refusait de céder à la peur.

Finalement, ils découvrirent le plan de Gilbert : une série d'articles et de reportages fabriqués de toutes pièces visant à discréditer non seulement Amidou et son équipe, mais aussi les institutions démocratiques de Mati. Leur objectif était de semer le chaos et de profiter de l'instabilité pour renforcer leur emprise sur le pays.

« Nous devons agir rapidement, » déclara Amidou. « Nous ne pouvons pas les laisser réussir. »

Ils décidèrent de contre-attaquer en publiant un nouveau reportage, cette fois-ci révélant les plans détaillés de Gilbert. Ils espéraient que l'indignation publique et la pression sur les autorités seraient suffisantes pour mettre un terme à ces machinations.

La publication de leur nouveau reportage provoqua une nouvelle vague de réactions. Les citoyens de Mati se mobilisèrent, les autorités intensifièrent leurs enquêtes, et même les alliés de Gilbert commencèrent à prendre leurs distances, craignant pour leur propre sécurité.

Amidou et son équipe savaient qu'ils avaient remporté une bataille importante, mais la guerre contre la désinformation et la corruption était loin d'être terminée. Ils étaient prêts à continuer le combat, convaincus que la vérité et la justice finiraient par triompher.

Amidou et son équipe avaient réussi à déjouer le dernier complot de Gilbert et ses alliés, mais ils savaient que la menace n'était pas totalement écartée. Les jours suivants furent marqués par une vigilance accrue et une détermination renouvelée à protéger leur pays.

Un matin, alors qu'Amidou se rendait au bureau, il remarqua une agitation inhabituelle à l'entrée. Des journalistes de divers médias s'étaient rassemblés, leurs caméras et micros prêts à capturer chaque mot.

« Amidou, que pensez-vous des dernières accusations portées contre vous ? » demanda un journaliste en s'approchant.

Amidou fronça les sourcils. « Quelles accusations ? »

« Des sources anonymes prétendent que vous avez falsifié les preuves contre Gilbert et ses associés. Ils disent que vous avez manipulé les informations pour servir vos propres intérêts. »

Amidou sentit une vague de colère monter en lui, mais il resta calme. « Ces accusations sont totalement infondées. Nous avons travaillé avec intégrité et transparence. Nos preuves sont solides et vérifiables. »

Il se fraya un chemin à travers la foule de journalistes et rejoignit son équipe à l'intérieur. « Ils essaient de nous discréditer, » dit-il en fermant la porte derrière lui. « Nous devons être prêts à répondre à ces attaques. »

Ibrahim, Koumba et Salima étaient déjà en train de discuter des nouvelles accusations. « Ils ont préparé une série de faux témoignages et de documents trafiqués, » expliqua Ibrahim. « Nous devons prouver que ces accusations sont fausses. »

« Nous devons également nous assurer que notre propre documentation est impeccable, » ajouta Salima. « Nous devons montrer au public que nous n'avons rien à cacher. »

Amidou acquiesça. « Nous allons organiser une nouvelle conférence de presse. Nous présenterons nos preuves, expliquerons notre méthodologie et répondrons à toutes les questions. La transparence est notre meilleure arme. »

La conférence de presse fut organisée pour le lendemain. Amidou et son équipe passèrent la nuit à rassembler leurs documents, à réviser leurs analyses et à préparer leurs interventions. Ils savaient que cette fois-ci, ils devaient être irréprochables.

Le jour de la conférence, la salle était remplie à craquer. Les journalistes, les citoyens inquiets et même certains membres des autorités étaient présents. Amidou prit la parole, déterminé à défendre leur travail et leur réputation.

« Mesdames et messieurs, nous avons été accusés de falsifier des preuves et de manipuler des informations. Je suis ici pour vous assurer que ces accusations sont totalement fausses. Nous avons mené nos enquêtes avec rigueur et honnêteté, et nous sommes prêts à prouver la véracité de nos affirmations. »

Il présenta les preuves une par une, expliquant chaque étape de leur processus d'investigation. Koumba, Ibrahim et Salima prirent également la parole, apportant des détails supplémentaires et répondant aux questions des journalistes. La transparence de leur démarche impressionna l'audience.

À la fin de la conférence, les journalistes étaient convaincus de l'intégrité de l'équipe d'Amidou. Les accusations portées contre eux se révélèrent infondées et malveillantes. Le soutien public pour Amidou et son équipe se renforça, tandis que la crédibilité de Gilbert et de ses alliés continuait de s'effriter.

Mais Amidou savait que cette victoire n'était qu'une étape dans leur lutte contre la désinformation. « Nous avons gagné cette bataille, mais la guerre est loin d'être terminée, » dit-il à son équipe. « Nous devons rester vigilants et continuer à défendre la vérité. »

Les jours suivants furent marqués par une activité intense. Amidou et son équipe continuèrent à enquêter, à exposer les mensonges et à protéger les intérêts de leur pays. Leur détermination était inébranlable, et leur mission plus claire que jamais.

Un soir, alors qu'ils travaillaient tard au bureau, Salima reçut un appel d'un informateur. « J'ai des informations sur une nouvelle opération planifiée par Gilbert. Ils vont essayer de corrompre des fonctionnaires clés pour influencer l'enquête contre eux. »

Amidou sentit une nouvelle montée d'adrénaline. « Nous devons agir rapidement. Si nous pouvons obtenir des preuves de cette corruption, nous pourrons enfin mettre un terme à leurs manigances. »

L'équipe se lança dans une nouvelle série d'investigations, travaillant sans relâche pour découvrir la vérité. Ils savaient que chaque jour comptait et que la sécurité de leur pays en dépendait. Amidou, Ibrahim, Koumba et Salima étaient prêts à tout risquer pour défendre la vérité et la justice. Leur combat était loin d'être terminé, mais ils étaient plus déterminés que jamais à protéger Mati contre ceux qui cherchaient à le détruire.

Chapitre 3 : Les ennemis de l'intérieur (fin)

Amidou et son équipe plongèrent dans une enquête approfondie pour découvrir les preuves de la corruption orchestrée par Gilbert. Ils passèrent des jours et des nuits à analyser des documents, à interroger des sources et à mettre en place des dispositifs de surveillance pour capturer les échanges illégaux.

Un soir, alors qu'ils surveillaient un lieu de rencontre suspect, Amidou et Ibrahim capturèrent une conversation incriminante entre Gilbert et un haut fonctionnaire corrompu. Les preuves étaient accablantes : Gilbert offrait des pots-de-vin en échange de décisions favorables pour lui et ses alliés.

« Nous l'avons, » murmura Ibrahim en enregistrant la conversation. « C'est la preuve dont nous avions besoin. »

De retour au bureau, Amidou et son équipe compilèrent les enregistrements et les documents pour préparer un nouveau reportage. Ils savaient que cette révélation pourrait être le coup fatal pour Gilbert et ses complices.

Le lendemain, Amidou présenta le nouveau reportage lors d'une conférence de presse. Les preuves de corruption furent diffusées en direct, choquant la population et provoquant une réaction immédiate des autorités. Les enquêtes furent intensifiées, et des mandats d'arrêt furent émis contre Gilbert et plusieurs fonctionnaires corrompus.

Les manifestations éclatèrent à nouveau dans les rues de Bamako, les citoyens exigeant justice et la fin de la corruption. Amidou et son équipe avaient réussi à exposer les véritables intentions de leurs ennemis et à protéger leur pays.

Chapitre 4 : L'espoir renaît

Avec l'arrestation de Gilbert et de ses complices, un vent d'espoir soufflait sur Mati. Les citoyens reprenaient confiance en leurs institutions et en l'avenir de leur pays. Amidou et son équipe étaient salués comme des héros pour leur courage et leur détermination.

Mais Amidou savait que le chemin vers la reconstruction serait long et ardu. « Nous avons remporté une grande victoire, mais il reste encore beaucoup à faire, » dit-il à son équipe lors d'une réunion. « Nous devons continuer à défendre la vérité et à protéger notre pays. »

Ibrahim proposa de lancer une série de reportages sur la reconstruction de Mati, mettant en lumière les initiatives locales et les efforts de la population pour rebâtir leur pays. « Nous devons montrer aux gens que l'espoir est possible et que chacun peut contribuer au changement. »

Koumba et Salima se chargèrent de contacter des organisations locales et des citoyens engagés dans des projets de développement. Ils commencèrent à recueillir des témoignages et à documenter les efforts de reconstruction.

Amidou, quant à lui, continua à surveiller les activités des anciens alliés de Gilbert. Bien que la majorité d'entre eux ait été arrêtée, certains tentaient encore de saboter les efforts de reconstruction.

Un jour, Amidou reçut un appel d'un informateur anonyme. « Il y a encore des membres du réseau de Gilbert en liberté. Ils complotent pour déstabiliser le gouvernement et reprendre le contrôle. »

Amidou partagea l'information avec son équipe. « Nous devons rester vigilants et continuer à enquêter. Ils ne peuvent pas être autorisés à nuire à notre pays à nouveau. »

L'équipe se lança dans une nouvelle série d'investigations, traquant les membres restants du réseau de Gilbert et exposant leurs plans. Chaque découverte renforçait la détermination de la population à lutter contre la corruption et à protéger leur pays.

Un soir, alors qu'ils travaillaient tard au bureau, Salima trouva un indice crucial. « Regardez ça, » dit-elle en montrant un document à Amidou. « Ils prévoient une série de sabotages pour créer le chaos. »

Amidou sentit une nouvelle montée d'adrénaline. « Nous devons agir rapidement. Si nous pouvons les arrêter avant qu'ils ne passent à l'action, nous pourrons protéger Mati. »

L'équipe se mobilisa immédiatement, alertant les autorités et partageant les preuves de leur enquête. Grâce à leur vigilance et à leur détermination, les complots furent déjoués et les coupables arrêtés.

Avec chaque victoire, l'espoir et la confiance de la population en leur avenir grandissaient. Amidou, Ibrahim, Koumba et Salima continuaient à travailler sans relâche, convaincus que leur mission était plus importante que jamais.

Alors que Mati commençait à se relever de ses épreuves, Amidou et son équipe savaient que leur combat pour la vérité et la justice ne prendrait jamais fin. Mais ils étaient prêts à affronter tous les défis, convaincus que l'avenir de leur pays en dépendait.

Et dans l'ombre de leurs réussites, de nouveaux défis et de nouvelles aventures les attendaient, alors qu'ils continuaient à écrire l'histoire de Mati, un jour à la fois.

À mesure que le climat de confiance se rétablissait à Mati, Amidou et son équipe continuèrent leur travail avec une énergie renouvelée. Les reportages sur les réussites locales et les initiatives de reconstruction captivaient l'attention nationale et internationale, apportant un soutien accru à leur pays.

Un jour, Amidou reçut une invitation à une conférence internationale sur la reconstruction et le développement, organisée par une organisation humanitaire de renom. Le thème de cette conférence était la résilience des communautés face à la crise. Amidou y vit une opportunité de mettre en lumière les réussites de Mati et de partager leur expérience avec d'autres pays confrontés à des défis similaires.

Lors de la conférence, Amidou fit une présentation sur les efforts de reconstruction à Mati, illustrant comment la vérité et la solidarité avaient aidé à surmonter la crise. Les participants furent impressionnés par le courage de l'équipe et par les histoires de résilience qu'ils avaient partagées. L'intervention d'Amidou fut largement saluée, et des engagements de soutien international furent annoncés pour aider à renforcer les efforts de reconstruction à Mati.

À son retour, Amidou trouva son équipe en pleine effervescence. « Nous avons reçu des offres de coopération et des fonds supplémentaires, » annonça Koumba. « Cela nous permettra d'élargir notre travail et d'atteindre encore plus de communautés. »

« Nous devons utiliser cette opportunité pour renforcer nos initiatives locales, » ajouta Salima. « Chaque centime compté peut transformer des vies. »

Les mois passèrent, et les résultats de leurs efforts étaient de plus en plus visibles. Les infrastructures se reconstruisaient, les services sociaux s'amélioraient, et les initiatives communautaires prospéraient. La réhabilitation du pays progressait et les citoyens se sentaient de plus en plus impliqués dans la reconstruction.

Amidou et son équipe restaient concentrés sur leur mission, même si les défis n'étaient pas complètement disparus. Ils continuaient à surveiller les activités des anciens alliés de Gilbert et à prévenir toute nouvelle tentative de sabotage.

Chapitre 5 : Les ombres persistantes

Malgré les progrès réalisés, des ombres persistantes continuaient de planer sur Mati. Les vestiges de l'ancienne faction de Gilbert et les frustrations non résolues parmi certaines factions rendaient la situation fragile. Amidou savait que le travail de reconstruction était loin d'être achevé et que des menaces subsistaient.

Un soir, lors d'une réunion d'équipe, Amidou reçut une information alarmante. « Des membres dissidents du réseau de Gilbert ont été aperçus dans les environs de la capitale, » annonça Ibrahim. « Ils semblent planifier une série d'attaques pour créer des troubles. »

Amidou, préoccupé, demanda à l'équipe de se préparer à une nouvelle enquête. « Nous devons identifier leurs plans et les neutraliser avant qu'ils ne causent des dégâts. Le calme fragile de Mati dépend de notre vigilance. »

Ils se lancèrent dans une enquête discrète, collectant des informations et surveillant les mouvements des suspects. Les jours suivants furent marqués par des tensions croissantes. Amidou et son équipe découvrirent des indices montrant que les dissidents prévoyaient des attaques coordonnées contre des infrastructures clés et des événements publics.

Une nuit, alors qu'ils analysaient les informations recueillies, Koumba reçut un message urgent. « Il y a eu une tentative de sabotage dans un réservoir d'eau. La situation est critique. »

Amidou et son équipe se précipitèrent sur les lieux. Les autorités avaient déjà commencé à sécuriser la zone et à évaluer les dégâts. Heureusement, le sabotage avait été contenu à temps, mais il était clair que les intentions des dissidents étaient sérieuses.

« Nous devons agir rapidement pour éviter d'autres incidents, » dit Amidou à son équipe. « Prévenons les autorités et renforçons les mesures de sécurité dans les zones vulnérables. »

Ils collaborèrent étroitement avec les forces de sécurité pour assurer une protection accrue des infrastructures critiques et organiser des patrouilles supplémentaires dans les zones à risque. En parallèle, Amidou et son équipe continuèrent à surveiller les activités des dissidents et à rassembler des preuves de leurs plans.

Les semaines passèrent avec une intensité croissante. Les dissidents, malgré leurs efforts pour semer la discorde, étaient de plus en plus démasqués et leurs plans contrecarrés. Amidou et son équipe réussissaient à maintenir la stabilité tout en continuant à promouvoir les réussites de la reconstruction.

Un jour, Amidou reçut une visite de hauts responsables gouvernementaux. « Nous tenons à vous remercier pour votre travail acharné, » dit l'un d'eux. « Votre détermination a été cruciale pour maintenir la stabilité et encourager la reconstruction. Nous vous assurons que nous continuerons à travailler en étroite collaboration avec vous. »

« Merci, » répondit Amidou. « Nous avons encore du travail à faire, mais nous sommes déterminés à aller jusqu'au bout. »

Alors que Mati continuait à se reconstruire, Amidou et son équipe restaient vigilants, sachant que chaque jour apportait de nouveaux défis. Mais ils étaient convaincus que, grâce à leur détermination et à l'unité de leur peuple, le pays pouvait surmonter les obstacles et avancer vers un avenir prometteur.

Leurs efforts et leur résilience faisaient renaître l'espoir à Mati, et chaque succès, aussi modeste soit-il, était une victoire sur les forces du chaos et de la division. Amidou, Ibrahim, Koumba et Salima étaient prêts à poursuivre leur mission, conscients que l'avenir de leur pays dépendait de leur engagement et de leur courage.

Les tensions à Mati restaient palpables alors que Amidou et son équipe intensifiaient leurs efforts pour contrer les menaces persistantes. Le sabotage récent avait mis en lumière la vulnérabilité du pays et la détermination des dissidents à créer le chaos. Amidou savait qu'il ne pouvait pas se permettre de baisser la garde.

Un matin, Amidou se rendit à un centre communautaire où des réunions d'information étaient organisées pour sensibiliser la population aux menaces de sabotage et aux mesures de sécurité. L'endroit était bondé, les habitants se montrant de plus en plus impliqués et déterminés à protéger leur communauté.

"Nous devons être vigilants et signaler tout comportement suspect," expliqua Amidou lors de la réunion. "La sécurité de notre pays dépend de notre collaboration."

Les citoyens posaient des questions et exprimaient leur détermination à contribuer à la protection de leurs infrastructures. Amidou fut impressionné par l'esprit de solidarité et l'engagement des habitants. Ces interactions renforçaient son optimisme malgré les défis.

En parallèle, Amidou et son équipe continuèrent à surveiller les activités des dissidents. Ils découvrirent que les attaques prévues incluaient également des tentatives de manipulation médiatique pour semer la confusion et diviser l'opinion publique.

Un soir, en analysant des documents récupérés, Salima trouva des preuves de fausses informations diffusées par les dissidents. "Ils essaient de créer des rumeurs sur une crise alimentaire imminente pour semer la panique," annonça-t-elle.

Amidou comprit l'importance de contrer ces rumeurs immédiatement. "Nous devons diffuser un rapport clair et détaillé pour rassurer la population et démontrer que ces informations sont infondées."

Ils préparèrent un reportage spécial pour réfuter les fausses accusations et fournir des informations vérifiées sur la situation alimentaire et les efforts de reconstruction. Le reportage fut diffusé en prime time, et Amidou prit le temps de répondre aux questions des journalistes pour clarifier la situation.

"Les rumeurs de crise alimentaire sont sans fondement," expliqua Amidou à la télévision. "Nous avons vérifié toutes les informations disponibles et nous vous assurons que la situation est sous contrôle. Nous continuons à surveiller de près les conditions et à travailler pour assurer le bien-être de tous."

Le reportage fit le tour des médias sociaux et des chaînes d'information, et la réponse rapide d'Amidou et de son équipe contribua à apaiser les inquiétudes. Les fausses informations furent rapidement démenties, et les dissidents se trouvèrent face à une population mieux informée et plus résiliente.

Alors que le calme revenait peu à peu, Amidou reçut une invitation à rencontrer le président de Mati. Lors de la réunion, le président exprima sa gratitude pour le travail de l'équipe d'Amidou.

"Votre engagement a été crucial pour maintenir la stabilité dans notre pays," dit le président. "Nous vous remercions pour votre courage et votre détermination."

Amidou remercia le président et évoqua les défis persistants. "Nous avons fait des progrès importants, mais il est crucial de rester vigilants. Les dissidents cherchent toujours des moyens de nuire, et nous devons continuer à protéger notre pays."

Le président acquiesça. "Nous mettrons en place des mesures supplémentaires pour soutenir vos efforts. La coopération entre le gouvernement et les médias est essentielle pour garantir la sécurité et la transparence."

Le soutien du gouvernement renforça la position d'Amidou et de son équipe. Avec des ressources accrues et une collaboration étroite avec les autorités, ils continuèrent leur travail de surveillance et d'information.

Au fil des mois, les efforts de reconstruction portèrent leurs fruits. Les infrastructures se stabilisèrent, les services sociaux s'améliorèrent, et la population commençait à retrouver un sentiment de normalité. Les dissidents, malgré leurs tentatives de perturbation, furent progressivement neutralisés et leur influence diminua.

Amidou se rendit sur le terrain pour observer les progrès réalisés. Lors d'une visite dans une région récemment reconstruite, il rencontra des habitants qui exprimaient leur gratitude pour le soutien reçu et l'impact positif sur leur vie.

"Nous avons traversé des moments difficiles, mais grâce à votre travail, nous avons vu un changement," dit un habitant. "Nous sommes déterminés à reconstruire et à avancer ensemble."

Ces rencontres renforcèrent la conviction d'Amidou. "Nous avons encore du travail à faire," dit-il à son équipe. "Mais chaque succès, chaque progrès est une victoire pour notre pays."

Les mois passèrent avec des signes croissants de rétablissement. Les efforts de reconstruction, le soutien international et la résilience de la population contribuèrent à renforcer la stabilité et à créer une base solide pour l'avenir de Mati.

Amidou et son équipe restaient sur le qui-vive, conscients que les défis pourraient revenir. Mais ils étaient confiants dans la force de leur pays et dans le pouvoir de la vérité et de la solidarité pour surmonter les obstacles.

Alors que le soleil se couchait sur Mati, Amidou se tenait devant un horizon rempli de promesses. Le chemin parcouru était impressionnant, mais il savait que l'avenir de leur pays était entre de bonnes mains. Leur mission pour protéger et reconstruire n'était pas terminée, mais chaque jour apportait un pas de plus vers un avenir meilleur pour Mati.

Les mois qui suivirent furent marqués par une période de stabilisation et de renouveau pour Mati. Amidou et son équipe continuèrent à travailler d'arrache-pied pour surveiller les activités des dissidents et protéger les efforts de reconstruction. Leur vigilance constante et leur engagement envers la vérité contribuèrent à maintenir un climat de confiance parmi les citoyens.

Un matin, Amidou reçut une invitation pour assister à une cérémonie en l'honneur des efforts de reconstruction. La cérémonie, qui se déroulait dans la capitale, visait à célébrer les réussites des projets communautaires et à honorer ceux qui avaient contribué à la stabilité du pays.

Le centre des congrès était rempli de dignitaires, de membres de la communauté et de représentants internationaux. Amidou prit place parmi les invités, observant les visages pleins d'espoir et de gratitude autour de lui.

Le président de Mati monta sur scène pour prononcer un discours. "Aujourd'hui, nous célébrons la force et la résilience de notre nation. Grâce au dévouement de nombreux citoyens, et à l'engagement inébranlable de ceux qui ont œuvré pour la vérité et la justice, nous avons surmonté de nombreux défis. Nous sommes sur la voie de la reconstruction, et nous devons continuer à avancer ensemble."

Le discours fut suivi de la remise de distinctions aux personnes et aux organisations qui avaient joué un rôle clé dans la reconstruction. Amidou reçut une médaille pour son courage et son engagement envers la vérité. En recevant la distinction, Amidou remercia les présents et exprima sa gratitude envers son équipe et les citoyens de Mati.

"Cette reconnaissance est le fruit du travail collectif et de la détermination de tous ceux qui ont cru en un avenir meilleur pour notre pays," dit Amidou. "Nous devons continuer à travailler ensemble pour bâtir un avenir où la vérité, la solidarité et la justice prévaudront."

À la fin de la cérémonie, Amidou et son équipe se retrouvèrent autour d'un repas avec des amis et des partenaires. La discussion se tourna rapidement vers l'avenir de Mati et les projets en cours.

"Nous avons accompli tant de choses, mais il est crucial de ne pas nous reposer sur nos lauriers," dit Ibrahim. "La stabilité est fragile, et nous devons rester attentifs aux défis futurs."

"Nous devons aussi encourager davantage d'initiatives locales et renforcer notre soutien aux communautés," ajouta Koumba. "Chaque projet a le potentiel de transformer des vies et de renforcer notre pays."

Salima, toujours pragmatique, proposa une stratégie pour les mois à venir. "Il serait utile de mettre en place un programme de suivi pour évaluer les progrès des projets de reconstruction et identifier les zones nécessitant une attention particulière."

Amidou acquiesça. "C'est une excellente idée. Nous devons également continuer à former des partenariats avec des organisations internationales et locales pour garantir un soutien constant."

Chapitre 6 : Le réveil des consciences

Alors que Mati continuait à se reconstruire, Amidou et son équipe se concentrèrent sur l'évaluation et l'amélioration des projets en cours. Le programme de suivi mis en place permit de recueillir des données précieuses sur les réussites et les défis des différentes initiatives communautaires.

L'un des projets phares était la construction de nouvelles écoles dans les régions éloignées. Amidou se rendit dans une école récemment inaugurée pour rencontrer les enseignants et les élèves. L'école, qui avait été reconstruite avec l'aide de fonds internationaux, offrait désormais des conditions d'apprentissage modernes et un environnement stimulant pour les enfants.

"L'éducation est la clé pour l'avenir de notre pays," expliqua un enseignant. "Avec ces nouvelles infrastructures, nous pouvons offrir à nos élèves des opportunités qu'ils n'auraient jamais eues auparavant."

Amidou documenta les témoignages et les succès de ce projet, conscient de l'impact positif sur les jeunes générations. Les reportages sur ces initiatives contribuèrent à inspirer d'autres régions et à renforcer le soutien international.

En parallèle, Amidou et son équipe reçurent des rapports de différentes communautés signalant des problèmes persistants, notamment des tensions locales et des défis liés à la répartition des ressources. Ils organisèrent des forums communautaires pour discuter de ces problèmes et trouver des solutions adaptées.

Lors d'un de ces forums, un représentant local exprima des préoccupations concernant la distribution de l'aide humanitaire. "Il y a des préoccupations sur la façon dont les ressources sont réparties. Certaines zones semblent recevoir plus d'aide que d'autres, et cela crée des tensions."

Amidou écouta attentivement et proposa de mener une enquête pour examiner les allégations et garantir une répartition équitable des ressources. "Nous devons nous assurer que l'aide est distribuée de manière transparente et équitable. Je prendrai contact avec les organisations impliquées pour clarifier la situation."

Les résultats de l'enquête confirmèrent que certaines lacunes existaient dans la distribution des ressources. Amidou publia un reportage détaillé sur les résultats et les mesures correctives prises pour résoudre les problèmes. La transparence et la responsabilité continuèrent de jouer un rôle crucial dans la gestion des efforts de reconstruction.

Alors que les mois passaient, le climat à Mati se stabilisait de plus en plus. Les initiatives locales prenaient de l'ampleur, les infrastructures se renforçaient, et la coopération entre les citoyens et les autorités s'améliorait. Amidou et son équipe continuèrent à jouer un rôle clé dans la surveillance et la promotion des progrès réalisés.

Une journée particulièrement importante arriva lorsque le président de Mati annonça un plan de développement à long terme pour le pays. Le plan incluait des projets pour améliorer les infrastructures, renforcer les services sociaux et promouvoir la croissance économique durable.

Amidou fut invité à participer à la présentation du plan, où il eut l'occasion de discuter des contributions de son équipe à la reconstruction et de la manière dont la vérité et la solidarité avaient contribué à surmonter les défis.

"Le plan de développement est un pas crucial vers un avenir prospère pour Mati," dit Amidou lors de la présentation. "Nous devons continuer à travailler ensemble pour assurer la réussite de ce plan et construire un avenir où chaque citoyen peut prospérer."

La présentation fut largement saluée et marqua un nouveau chapitre dans la reconstruction de Mati. Amidou et son équipe continuèrent à surveiller les progrès, à soutenir les initiatives locales et à rester vigilants face aux défis futurs.

Le chemin parcouru avait été long et difficile, mais chaque étape franchie était une victoire pour la vérité, la justice et la reconstruction. Amidou et son équipe étaient déterminés à poursuivre leur mission avec passion et détermination, convaincus que l'avenir de Mati dépendait de leur engagement et de leur courage.

Ainsi, alors que le soleil se couchait sur un pays en pleine transformation, Amidou regardait l'horizon avec espoir et confiance. Le travail n'était pas terminé, mais chaque jour apportait un pas de plus vers un avenir meilleur pour Mati.

Alors que les nouvelles infrastructures et les initiatives communautaires continuaient de se développer, les défis liés à la répartition des ressources commencèrent à diminuer. Les forums communautaires et les enquêtes avaient permis d'améliorer la transparence et l'efficacité dans la gestion de l'aide.

Amidou et son équipe, conscients des enjeux de long terme, concentrèrent leurs efforts sur l'éducation civique et la promotion de la transparence. Ils organisèrent des ateliers et des conférences dans différentes régions pour sensibiliser les citoyens à leurs droits et à la manière de participer activement à la reconstruction.

Lors d'un de ces ateliers dans une ville du nord de Mati, Amidou s'adressa à un groupe de jeunes adultes. "Votre engagement dans la reconstruction de notre pays est crucial. Connaître vos droits et être informé sur les processus de gouvernance vous permet de jouer un rôle actif et de garantir que les ressources sont utilisées de manière équitable."

Les participants étaient enthousiastes et posaient des questions pertinentes sur la manière dont ils pouvaient contribuer à améliorer leur communauté. Amidou et son équipe répondaient aux questions avec précision, encourageant une participation active et responsable.

En parallèle, Amidou reçut des nouvelles préoccupantes concernant un groupe de journalistes dissidents qui tentaient de raviver les tensions en diffusant des informations trompeuses. Ces journalistes, utilisant des méthodes sophistiquées pour manipuler les faits, cherchaient à créer des divisions parmi les citoyens et à affaiblir les efforts de reconstruction.

"Nous devons agir rapidement pour contrer cette nouvelle vague de désinformation," dit Amidou lors d'une réunion avec son équipe. "Nous allons devoir renforcer notre présence médiatique et continuer à diffuser des informations vérifiées pour contrer les fausses nouvelles."

Ils mirent en place une stratégie de communication visant à réfuter les informations erronées et à promouvoir des récits positifs sur les progrès réalisés. Des reportages et des bulletins d'information détaillés furent diffusés pour clarifier les faits et rétablir la vérité.

En même temps, Amidou et son équipe continuèrent à travailler avec les autorités pour identifier les sources de désinformation et limiter leur impact. Ils collaborèrent avec des experts en sécurité numérique pour contrer les campagnes de manipulation en ligne et protéger l'intégrité des informations diffusées.

Au cours d'une soirée de gala organisée pour célébrer les réussites de la reconstruction, Amidou eut l'occasion de discuter avec des représentants internationaux et des partenaires locaux. Les conversations portèrent sur les réalisations et les défis à venir.

"Votre travail est exemplaire," dit un représentant d'une organisation internationale. "Vous avez réussi à maintenir la cohésion sociale et à encourager la participation citoyenne. C'est une leçon précieuse pour d'autres pays confrontés à des crises similaires."

Amidou remercia le représentant et exprima son engagement envers la poursuite de la mission. "Nous avons encore du travail à faire pour assurer une reconstruction durable et pour prévenir la désinformation. Mais avec le soutien continu de nos partenaires et l'engagement de notre peuple, nous sommes sur la bonne voie."

Les mois passèrent avec une dynamique positive, mais Amidou et son équipe restaient attentifs aux développements. Leur vigilance constante et leur engagement envers la vérité furent essentiels pour maintenir la stabilité et promouvoir un avenir prospère pour Mati.

Un jour, Amidou reçut un appel d'un jeune journaliste qui travaillait avec lui depuis le début de la crise. "Nous avons des nouvelles intéressantes sur une initiative locale réussie," dit le journaliste. "Je pense que cela pourrait être une excellente opportunité pour montrer les progrès que nous avons réalisés."

Amidou se rendit sur le terrain pour rencontrer le journaliste et découvrir l'initiative. Ils visitèrent un centre de formation professionnelle qui offrait des compétences techniques aux jeunes adultes. Le centre, financé en partie par des fonds internationaux et des contributions locales, avait permis à de nombreux jeunes de trouver des emplois et de contribuer à la reconstruction.

Les témoignages des jeunes formés au centre étaient inspirants. "Grâce à cette formation, j'ai pu acquérir des compétences et trouver un emploi," expliqua l'un des bénéficiaires. "Je me sens utile et je peux maintenant aider ma famille et ma communauté."

Amidou diffusa un reportage sur l'initiative, soulignant son impact positif sur la vie des jeunes et la communauté. Le reportage reçut des réactions enthousiastes, renforçant l'esprit d'espoir et de résilience parmi les citoyens.

Alors que le pays continuait à avancer, Amidou savait que les défis étaient loin d'être terminés. Cependant, chaque jour apportait des signes de progrès et de renouveau. Le travail de reconstruction, bien que complexe, montrait des résultats concrets, et la détermination des citoyens à construire un avenir meilleur était palpable.

Les efforts d'Amidou et de son équipe contribuèrent à faire de Mati un exemple de résilience et de collaboration. Leur mission pour protéger la vérité et promouvoir la reconstruction continua de porter ses fruits, et le pays se dirigeait vers un avenir prometteur.

Alors que le soleil se couchait sur une journée pleine de réalisations, Amidou regardait l'horizon avec un sentiment d'accomplissement et de détermination. L'avenir de Mati était encore en construction, mais chaque pas vers l'avant était une victoire pour la vérité, la justice et la reconstruction. Et Amidou savait que, malgré les défis à venir, la résilience et l'engagement du peuple de Mati étaient les clés pour un avenir meilleur.

Alors que la stabilité de Mati semblait se renforcer, Amidou et son équipe poursuivaient leur mission avec une détermination renouvelée. Les initiatives locales et les efforts de reconstruction avaient permis de rétablir un certain équilibre, mais ils savaient que le chemin était encore long.

Un jour, Amidou reçut un appel d'urgence de Koumba, qui travaillait sur un reportage sur les effets de la crise sur les familles déplacées. Koumba avait découvert des problèmes inquiétants liés aux conditions de vie des réfugiés dans certains camps. "Nous avons besoin d'une intervention rapide," dit Koumba. "Les conditions sont devenues critiques et des familles souffrent."

Amidou se rendit immédiatement sur le terrain avec Koumba. Ils trouvèrent des conditions de vie extrêmement difficiles, avec des ressources limitées et une aide humanitaire insuffisante. Les témoignages des réfugiés étaient poignants, révélant des lacunes dans la gestion de l'aide et des besoins urgents non satisfaits.

"Nous devons diffuser ces informations pour attirer l'attention sur cette crise humanitaire," dit Amidou après avoir recueilli les témoignages. "Il est crucial que nous mettions en lumière ces problèmes pour obtenir un soutien accru et améliorer les conditions de vie."

Le reportage sur les conditions dans les camps de réfugiés fut diffusé dans tout le pays et internationalement. Les réactions furent immédiates, avec des appels pour une action rapide et des promesses de soutien supplémentaire. Les autorités locales, sous la pression médiatique, commencèrent à renforcer les ressources et à améliorer les conditions dans les camps.

Le reportage, tout en mettant en lumière des problèmes graves, démontra aussi la capacité de la presse à catalyser des changements positifs. Amidou et son équipe continuèrent à surveiller la situation, s'assurant que les améliorations promises étaient mises en œuvre.

Avec les conditions s'améliorant lentement dans les camps, Amidou reçut une nouvelle invitation à participer à une conférence internationale sur les défis post-conflit. La conférence, qui se tenait à l'étranger, réunissait des experts et des leaders du monde entier pour partager des expériences et des stratégies pour la reconstruction.

Lors de la conférence, Amidou partagea l'expérience de Mati et les leçons apprises tout au long du processus de reconstruction. Ses interventions furent bien accueillies, et il établit des contacts précieux avec des experts et des organisations prêtes à offrir un soutien supplémentaire à Mati.

À son retour, Amidou trouva son équipe en pleine activité, travaillant sur de nouveaux projets et planifiant des initiatives futures. Les discussions portèrent sur les moyens de renforcer la résilience communautaire et d'assurer une durabilité à long terme pour les projets de reconstruction.

Chapitre 7 : Les échos du passé

Malgré les progrès réalisés, les échos du passé commençaient à réémerger, mettant à l'épreuve la stabilité nouvellement acquise de Mati. Un matin, Amidou fut réveillé par une alerte sur son téléphone. Un groupe radical avait revendiqué une attaque contre une infrastructure clé, et des informations suggéraient une tentative de recrudescence des tensions politiques.

"Nous devons nous rendre sur place immédiatement," dit Amidou à son équipe. "Cette attaque pourrait être le signe d'une nouvelle vague de perturbations."

Ils se dirigèrent vers le site de l'attaque, où les autorités locales avaient déjà commencé à sécuriser la zone. Les dégâts étaient importants, mais les équipes de réparation étaient rapidement sur place pour limiter les impacts. Amidou fit des interviews avec des responsables et des témoins pour comprendre la situation et diffuser des informations précises.

"Cette attaque est clairement un acte de sabotage visant à provoquer la peur et à semer la confusion," expliqua Amidou dans son reportage. "Nous devons rester unis et concentrés sur nos efforts pour reconstruire et protéger notre pays."

En parallèle, Amidou et son équipe commencèrent à enquêter sur l'origine du groupe radical responsable. Ils découvrirent que le groupe avait des liens avec d'anciens sympathisants de Gilbert, cherchant à exploiter les fractures politiques et sociales pour raviver les conflits.

Pour contrer cette menace, Amidou mit en place une série de reportages exposant les objectifs du groupe radical et les dangers de la manipulation politique. Ils organisèrent également des forums communautaires pour renforcer la cohésion sociale et encourager la solidarité face aux tentatives de division.

Les tensions s'intensifièrent, mais Amidou observa une réponse positive de la part des citoyens. Les forums et les reportages contribuèrent à renforcer la résilience des communautés, qui se rassemblèrent pour soutenir les efforts de reconstruction et maintenir la stabilité.

En parallèle, Amidou et son équipe reçurent des informations sur des programmes de réconciliation proposés par des organisations internationales. Ces programmes visaient à favoriser le dialogue entre les différentes factions et à promouvoir la paix et la cohésion sociale. Amidou soutint ces initiatives, voyant en elles une opportunité de renforcer les liens au sein de la société.

Au cours d'une réunion avec des représentants des programmes de réconciliation, Amidou exprima son soutien. "La réconciliation est essentielle pour surmonter les divisions et construire un avenir commun. Nous devons travailler ensemble pour créer un environnement où chacun peut contribuer à la reconstruction de notre pays."

Les efforts de réconciliation commencèrent à porter leurs fruits, avec des dialogues ouverts entre les différentes parties prenantes. Les tensions diminuèrent lentement, et les communautés commencèrent à se reconstruire sur des bases plus solides.

Alors que les mois passaient, Amidou et son équipe continuèrent à surveiller la situation, à soutenir les initiatives de réconciliation et à renforcer les efforts de reconstruction. Le pays commençait à trouver un nouvel équilibre, avec des signes croissants de stabilité et de progrès.

Amidou se rendit souvent sur le terrain pour rencontrer les citoyens, recueillir leurs témoignages et s'assurer que les initiatives locales répondaient aux besoins réels. Chaque rencontre renforçait sa conviction que le chemin vers la reconstruction était complexe, mais que la résilience et la solidarité du peuple de Mati étaient des atouts précieux pour surmonter les défis.

À la fin d'une journée particulièrement chargée, Amidou se tenait sur une colline surplombant la ville, observant les lumières brillantes dans l'obscurité. Les échos du passé semblaient s'atténuer, remplacés par des signes d'espoir et de renouveau.

Amidou savait que le chemin était encore semé d'embûches, mais il avait confiance dans la capacité de son pays à avancer. Le travail de reconstruction et de réconciliation se poursuivait, et chaque jour apportait un pas de plus vers un avenir meilleur pour Mati.

Le retour à la stabilité semblait à portée de main, mais les récents événements avaient révélé des fissures dans la tranquillité retrouvée de Mati. Amidou et son équipe, toujours attentifs, intensifièrent leurs efforts pour contrer les menaces persistantes et garantir que les initiatives de réconciliation portaient des fruits.

Une semaine après l'attaque contre l'infrastructure, Amidou fut contacté par Salima, qui avait découvert des activités suspectes dans les réseaux sociaux. Des groupes clandestins semblaient organiser des manifestations et des rassemblements pour agiter les émotions populaires et créer de nouvelles tensions.

"Nous devons surveiller de près ces activités," dit Salima lors d'une réunion d'urgence. "Il semble qu'ils cherchent à exploiter les ressentiments populaires pour raviver les conflits."

Amidou et son équipe intensifièrent leur surveillance des médias sociaux et des forums en ligne. Ils mirent en place une équipe spécialisée pour analyser les messages et identifier les leaders de ces groupes. Parallèlement, ils travaillèrent avec les autorités locales pour renforcer les mesures de sécurité autour des zones sensibles et des infrastructures clés.

Les manifestations organisées par les groupes clandestins furent largement couvertes par les médias, mais Amidou et son équipe s'efforcèrent de fournir une couverture équilibrée, en exposant les motivations et les objectifs des groupes radicaux tout en soulignant les efforts positifs de la communauté et des autorités.

"Nous devons nous assurer que la population est informée des véritables enjeux et ne se laisse pas manipuler," expliqua Amidou dans un reportage. "La désinformation est une arme puissante, mais la vérité et la transparence sont les meilleures défenses."

Les efforts pour contrer la désinformation commencèrent à montrer des résultats. Les communautés, mieux informées, résistaient de plus en plus aux tentatives de manipulation. Les forums communautaires et les initiatives de dialogue favorisaient la compréhension mutuelle et réduisaient les tensions.

Parallèlement, Amidou se pencha sur les projets de réconciliation en cours. Les dialogues entre les différentes factions, bien qu'encourageants, révélaient également des tensions sous-jacentes qui nécessitaient une attention continue. Amidou encouragea la mise en place de groupes de médiation locaux pour faciliter les discussions et résoudre les conflits de manière constructive.

Un jour, Amidou fut invité à participer à une réunion avec les représentants des factions politiques et communautaires. La réunion, tenue dans un centre de conférence en plein air, visait à discuter des moyens de renforcer la cohésion et d'aborder les questions non résolues.

Lors de la réunion, Amidou exprima ses préoccupations quant aux tensions persistantes. "Nous avons fait des progrès importants, mais il est crucial que nous continuions à travailler ensemble pour résoudre les problèmes sous-jacents. La réconciliation ne peut être superficielle ; elle doit être profonde et sincère."

Les discussions furent animées mais constructives. Les représentants des différentes factions exprimèrent leurs points de vue et abordèrent les questions sensibles. Des compromis furent discutés, et des engagements furent pris pour améliorer les conditions de vie dans les communautés et renforcer les efforts de réconciliation.

À la fin de la réunion, Amidou se sentit encouragé par les signes de volonté de compromis et d'ouverture. "Nous avons encore du chemin à parcourir," dit-il lors de son discours de clôture. "Mais chaque pas vers la réconciliation est un pas vers un avenir plus stable et plus uni pour Mati."

Alors que la nuit tombait sur la ville, Amidou se rendit dans un parc récemment rénové, symbole des efforts de reconstruction et de renouveau. Il se retrouva entouré de familles qui profitaient du nouvel espace, les rires des enfants et les conversations animées des adultes créant une atmosphère de convivialité et d'espoir.

Amidou prit un moment pour réfléchir à la transformation qu'avait connue Mati. Les défis étaient nombreux, mais les progrès réalisés et l'engagement des citoyens étaient des signes encourageants. Le chemin vers la reconstruction était semé d'embûches, mais chaque jour apportait des signes de renouveau et de résilience.

Alors qu'il se préparait à rentrer chez lui, Amidou reçut un message de Koumba, qui avait préparé un reportage sur une nouvelle initiative de développement durable lancée dans une région touchée par la crise. Le reportage mettrait en lumière les efforts pour promouvoir une croissance économique inclusive et durable.

"C'est exactement le genre d'initiatives dont nous avons besoin pour assurer un avenir stable et prospère," pensa Amidou. "Nous devons continuer à mettre en avant ces succès et à inspirer l'espoir."

La publication du reportage sur le développement durable fut un succès, mettant en avant les initiatives locales et l'impact positif sur les communautés. Les résultats furent largement salués, renforçant l'esprit d'espoir et de solidarité parmi les citoyens.

Amidou savait que la route était encore longue et que les défis à venir seraient importants. Mais il était confiant dans la résilience et la détermination du peuple de Mati. Chaque jour, chaque progrès, chaque effort était un pas de plus vers un avenir meilleur.

En regardant l'horizon illuminé par les lumières de la ville, Amidou se sentit plein d'espoir pour l'avenir de Mati. Le travail de reconstruction, bien que complexe et ardu, continuait de porter ses fruits. La vérité, la transparence et la solidarité demeuraient les piliers essentiels de cette transformation, et Amidou était déterminé à poursuivre sa mission avec passion et engagement.

Le climat dans Mati semblait se stabiliser progressivement malgré les défis persistants. Amidou et son équipe continuèrent leur travail avec une intensité renouvelée, conscients que la vigilance était essentielle pour maintenir l'équilibre fragile qu'ils avaient réussi à établir.

Au fil des semaines, les efforts de réconciliation portèrent des fruits visibles. Les tensions se dissipèrent lentement, et les dialogues entre factions devinrent plus constructifs. Les leaders communautaires, soutenus par les initiatives de médiation, commencèrent à travailler ensemble pour résoudre les problèmes locaux et renforcer la cohésion sociale.

Les forums communautaires se transformèrent en espaces de discussion ouverts où les citoyens exprimaient leurs préoccupations et proposaient des solutions. Amidou, en visite dans l'une de ces réunions, observa les changements positifs. "La participation active des citoyens est essentielle pour construire un avenir durable," dit-il lors de son discours. "Votre engagement et vos idées sont les clés pour résoudre les défis que nous rencontrons."

Les projets de développement durable et les initiatives locales continuèrent à progresser, montrant des signes prometteurs de croissance économique et d'amélioration des conditions de vie. Les témoignages des bénéficiaires de ces projets étaient encourageants et reflétaient les effets positifs de la reconstruction sur les communautés.

Amidou, tout en restant attentif aux évolutions, se concentra également sur la préparation d'une série de reportages sur les succès de la reconstruction. Ces reportages visaient à mettre en avant les réalisations et à renforcer l'image positive de Mati à l'échelle nationale et internationale.

Une soirée, alors qu'il rentrait chez lui après une longue journée de travail, Amidou reçut un message d'un ancien collègue de Gilbert, l'un des journalistes dissidents. Le message contenait des informations inquiétantes sur une nouvelle tentative de déstabilisation par les anciens alliés de Gilbert.

"Nous devons vérifier ces informations et nous préparer à toute éventualité," dit Amidou à son équipe. "Les tentatives de manipulation peuvent surgir à tout moment, et nous devons être prêts à y répondre."

Les investigations menées par Amidou et son équipe révélèrent des plans pour une campagne de désinformation visant à créer des divisions politiques et sociales. Ils travaillèrent rapidement pour contrer cette nouvelle menace en renforçant leur présence médiatique et en diffusant des informations vérifiées pour contrer les fausses nouvelles.

Les mesures prises par Amidou et son équipe contribuèrent à limiter l'impact de la campagne de désinformation. Les citoyens, mieux informés et plus résilients, continuèrent à soutenir les efforts de reconstruction et à promouvoir la cohésion sociale.

Alors que la situation à Mati se stabilisait, Amidou se rendit compte que les leçons apprises au cours de cette période difficile seraient cruciales pour l'avenir du pays. La résilience, la transparence et la solidarité étaient les piliers sur lesquels reposait la reconstruction, et ces valeurs continueraient à guider leurs efforts à long terme.

Chapitre 8 : L'essor d'une nouvelle ère

Avec l'accord de paix signé et les négociations conclues, une nouvelle ère s'ouvrait pour Mati. Amidou et son équipe, conscients de l'importance de cette période de transition, redoublèrent d'efforts pour garantir que les informations sur les développements en cours soient diffusées avec clarté et précision.

Les premières semaines après l'accord furent cruciales. Les autorités locales commencèrent à mettre en œuvre les termes de l'accord, incluant le désarmement des factions et l'intégration de leurs membres dans des programmes de réhabilitation et de réintégration sociale.

Amidou se rendit sur plusieurs sites de réintégration pour documenter le processus et interviewer les participants. Parmi eux, il rencontra un jeune homme, ancien combattant, qui avait rejoint un programme de formation professionnelle.

"Ce programme m'offre une nouvelle chance," expliqua le jeune homme. "Je peux maintenant apprendre un métier et contribuer à la reconstruction de mon pays. C'est un nouveau départ pour moi et ma famille."

Amidou fut profondément touché par ces témoignages. Il réalisa que la véritable réconciliation ne résidait pas seulement dans les accords politiques, mais dans les transformations individuelles et communautaires. Chaque histoire de réintégration réussie était une pierre de plus dans l'édifice de la paix durable.

En parallèle, Amidou et son équipe se penchèrent sur les défis économiques que Mati devait encore surmonter. La reconstruction des infrastructures et la revitalisation de l'économie étaient des priorités essentielles. Ils rencontrèrent des experts économiques et des entrepreneurs locaux pour discuter des opportunités et des obstacles.

"Nous devons créer un environnement favorable à l'investissement et à l'innovation," déclara un économiste lors d'une conférence organisée par Amidou. "La diversification de notre économie et le soutien aux petites entreprises locales seront cruciaux pour notre développement à long terme.

Amidou rapporta ces discussions dans une série d'articles analytiques, proposant des solutions et mettant en avant les initiatives prometteuses. Il encouragea également les citoyens à participer activement à la revitalisation économique en soutenant les entreprises locales et en s'engageant dans des projets communautaires.

Les efforts pour reconstruire l'économie commencèrent à porter leurs fruits. De nouvelles entreprises virent le jour, des marchés locaux furent réhabilités, et les opportunités d'emploi se multiplièrent. Amidou continua de suivre ces développements de près, documentant les réussites et les défis.

Un matin, alors qu'il se promenait dans un marché récemment rouvert, Amidou fut abordé par une femme d'âge moyen, propriétaire d'un petit commerce. "Votre travail nous inspire," dit-elle avec un sourire. "Grâce à vos reportages, nous sommes informés et encouragés à participer à la reconstruction de notre pays. Merci pour tout ce que vous faites.

Amidou, touché par ces mots, se sentit plus déterminé que jamais. Le chemin vers un avenir stable et prospère pour Mati était encore long, mais chaque pas en avant, chaque succès, renforçait sa conviction dans la résilience et la capacité de son peuple à surmonter les épreuves.

Les mois passèrent avec une dynamique positive, et Amidou, toujours vigilant, continuait à rapporter les progrès et à mettre en lumière les défis. La paix et la prospérité n'étaient pas encore totalement assurées, mais le pays avançait avec détermination et espoir.

Alors que l'année touchait à sa fin, Amidou se tenait devant la nouvelle station de télévision de AES, récemment rénovée, symbole des temps nouveaux. Il réfléchit à tout ce que son équipe et lui avaient accompli, et à tout ce qui restait à faire. La vérité, la transparence et l'engagement envers le bien commun restaient les piliers de leur mission.

Avec un sentiment renouvelé de responsabilité et d'optimisme, Amidou entra dans la station, prêt à continuer son travail pour un avenir meilleur pour Mati. La route était encore longue, mais chaque jour apportait une nouvelle opportunité de construire, d'inspirer et de progresser.

Amidou se plongea dans son travail avec une énergie renouvelée. Les événements de l'année passée avaient renforcé sa conviction que l'information et la vérité étaient des armes puissantes contre l'injustice et la division. Il décida de lancer une série de programmes spéciaux sur AES pour sensibiliser le public aux défis et aux opportunités de la reconstruction.

Le premier programme fut consacré à l'éducation, un domaine crucial pour l'avenir de Mati. Amidou et son équipe visitèrent plusieurs écoles et universités pour évaluer les progrès et les besoins. Ils découvrirent que, malgré les efforts, de nombreuses institutions manquaient encore de ressources et de personnel qualifié.

Lors d'une interview avec une directrice d'école, Amidou fut frappé par la détermination de celle-ci. "Nos enfants sont notre avenir," déclara-t-elle avec passion. "Nous faisons de notre mieux avec les moyens que nous avons, mais nous avons besoin de plus de soutien pour offrir une éducation de qualité à tous."

Amidou décida de mettre en lumière ces besoins dans son programme, appelant à un investissement accru dans l'éducation et à une mobilisation des ressources locales et internationales. Le programme eut un impact significatif, suscitant des dons et des initiatives de soutien à travers le pays.

En parallèle, Amidou lança un autre programme sur la santé publique. Il visita des hôpitaux et des centres de santé pour évaluer les conditions et les défis. Bien que des progrès aient été réalisés, il constata que de nombreuses régions rurales manquaient encore d'accès à des soins médicaux de base.

Lors d'une visite dans un centre de santé rural, Amidou rencontra un médecin qui travaillait dans des conditions difficiles. "Nous faisons face à de nombreux défis," dit le médecin. "Mais nous sommes déterminés à offrir les meilleurs soins possibles avec les ressources limitées dont nous disposons."

Amidou rapporta ces témoignages avec une grande sensibilité, soulignant la nécessité d'investir dans les infrastructures de santé et de former davantage de personnel médical. Son programme attira l'attention des autorités et des organisations internationales, qui s'engagèrent à fournir un soutien accru.

Alors que ces initiatives commençaient à montrer des résultats, Amidou se concentra sur un autre défi crucial : la réconciliation sociale. Bien que les accords de paix aient été signés, il restait des tensions entre certaines communautés. Amidou et son équipe organisèrent une série de dialogues communautaires pour encourager la compréhension mutuelle et la coopération.

Lors d'un de ces dialogues, Amidou fut témoin d'un moment émouvant : deux anciens ennemis politiques se serrèrent la main et s'engagèrent à travailler ensemble pour le bien de leur communauté. "Nous avons tous souffert," dit l'un d'eux. "Mais il est temps de mettre nos différends de côté et de construire un avenir commun."

Ce geste de réconciliation fut un symbole puissant pour Amidou, qui rapporta l'événement avec espoir et optimisme. Les dialogues communautaires continuèrent à se multiplier, renforçant les liens sociaux et aidant à apaiser les tensions.

En parallèle, Amidou commença à planifier une grande conférence nationale sur la reconstruction, réunissant des experts, des leaders communautaires et des représentants internationaux. L'objectif de la conférence était de partager des idées, de renforcer les collaborations et de définir une feuille de route pour l'avenir de Mati.

La conférence, organisée avec soin, fut un grand succès. Les discussions furent riches et constructives, aboutissant à des recommandations concrètes et à des engagements pour soutenir la reconstruction et le développement durable de Mati.

À la clôture de la conférence, Amidou prit la parole pour remercier tous les participants. "Nous avons fait des progrès remarquables," dit-il. "Mais notre travail ne fait que commencer. Ensemble, nous pouvons surmonter tous les défis et construire un avenir meilleur pour notre pays."

Les mois suivants, Amidou et son équipe continuèrent à travailler sans relâche, s'assurant que les initiatives lancées se poursuivaient et portaient leurs fruits. Ils suivirent de près les développements économiques, les réformes éducatives et les projets de santé publique, rapportant chaque succès et chaque défi avec une grande rigueur.

Un soir, alors qu'Amidou revenait d'une longue journée de reportage, il reçut un appel de Koumba. "Nous avons une grande nouvelle," dit-elle avec excitation. "Le gouvernement vient d'annoncer une nouvelle série de réformes pour soutenir les petites entreprises et encourager l'innovation. C'est une opportunité incroyable pour notre économie."

Amidou, ravi de cette nouvelle, se prépara à couvrir l'annonce avec son équipe. Ils se rendirent au siège du gouvernement pour assister à la conférence de presse et recueillir les réactions des entrepreneurs locaux.

Lors de la conférence de presse, le ministre de l'Économie déclara : "Nous sommes déterminés à créer un environnement favorable pour les entreprises et à encourager l'innovation. Ces réformes sont une étape cruciale pour assurer une croissance durable et inclusive."

Amidou et son équipe rapportèrent l'annonce avec enthousiasme, soulignant les opportunités qu'elle offrait pour les entrepreneurs et les jeunes innovateurs de Mati. Ils interviewèrent plusieurs jeunes entrepreneurs, qui exprimèrent leur optimisme et leur détermination à contribuer à la croissance de l'économie.

"Nous avons maintenant une chance réelle de réaliser nos rêves," déclara l'un d'eux. "Avec le soutien du gouvernement et de la communauté, nous pouvons créer des entreprises prospères et offrir des emplois à nos concitoyens."

Les semaines suivantes, Amidou suivit de près la mise en œuvre des réformes et leur impact sur le terrain. Il visita de nouvelles entreprises, des incubateurs d'innovation et des centres de formation, documentant les progrès et les défis.

Un jour, lors d'une visite dans une start-up technologique, Amidou rencontra une jeune ingénieure qui travaillait sur un projet innovant pour améliorer l'accès à l'éducation dans les zones rurales. "Notre technologie peut transformer l'éducation et offrir des opportunités à des milliers d'enfants," expliqua-t-elle avec passion.

Amidou, inspiré par cette rencontre, décida de consacrer un programme spécial à l'innovation et à l'entrepreneuriat. Il mit en lumière les projets les plus prometteurs et encouragea les jeunes à saisir les opportunités offertes par les réformes.

La dynamique positive se renforça, et Amidou se sentit plus confiant que jamais dans l'avenir de Mati. Les défis restaient nombreux, mais le pays avançait avec détermination et optimisme.

Alors que l'année s'achevait, Amidou se tenait à nouveau sur la colline surplombant la ville, observant les lumières scintillantes dans la nuit. Il repensa à tout ce que son équipe et lui avaient accompli, et à tout ce qui restait à faire.

"Le chemin est encore long," pensa-t-il. "Mais nous avons fait des progrès remarquables. Chaque jour apporte une nouvelle opportunité de construire, d'inspirer et de progresser. Nous continuerons à travailler pour un avenir meilleur, avec la vérité et la transparence comme guides."

Avec cette conviction, Amidou retourna à son travail, prêt à affronter les défis à venir et à continuer à informer, inspirer et mobiliser le peuple de Mati. L'avenir était incertain, mais Amidou savait que, avec la détermination et la solidarité de son équipe et de son peuple, ils pouvaient surmonter toutes les épreuves et construire un avenir de paix, de prospérité et de justice pour Mati.

L'année touchait à sa fin, marquée par des avancées significatives et des moments de fierté pour Amidou et son équipe. L'impact de leurs reportages et des initiatives de reconstruction se faisait sentir à travers Mati. La population, inspirée par leur détermination et leur engagement, participait activement aux efforts de développement et de réconciliation.

Un matin, alors qu'il préparait le prochain reportage, Amidou reçut un message inattendu. C'était une invitation à une cérémonie de remise de prix pour honorer les citoyens ayant contribué de manière significative à la reconstruction de Mati. La cérémonie, organisée par le gouvernement, visait à reconnaître les efforts exceptionnels et à encourager davantage de participation communautaire.

Amidou, surpris et honoré, se rendit à la cérémonie avec son équipe. La salle était remplie de visages familiers, des leaders communautaires, des entrepreneurs, des éducateurs et des travailleurs de la santé, tous réunis pour célébrer les progrès réalisés.

Lors de la cérémonie, Amidou fut appelé sur scène pour recevoir un prix spécial pour son travail en tant que journaliste et défenseur de la vérité. "Votre dévouement à la vérité et à l'information a inspiré notre nation," déclara le président de Mati en lui remettant le prix. "Grâce à vous, nous avons pu surmonter de nombreux défis et avancer vers un avenir meilleur."

Amidou, ému, remercia ses collègues, sa famille et tous ceux qui avaient soutenu son travail. "Ce prix est un honneur, mais il appartient à tous ceux qui travaillent sans relâche pour la paix et la reconstruction de notre pays," dit-il. "La route est encore longue, mais ensemble, nous continuerons à avancer avec courage et détermination."

La cérémonie fut un moment de réflexion et de célébration pour Amidou. En revenant chez lui ce soir-là, il se sentit empli d'une nouvelle énergie et d'une profonde gratitude pour le chemin parcouru et les accomplissements de son équipe.

Chapitre 9 : Nouvelles ambitions

Avec la nouvelle année, Amidou et son équipe se lancèrent dans de nouveaux projets ambitieux. Ils décidèrent de créer une plateforme en ligne dédiée à la transparence et à l'information, permettant aux citoyens de suivre les projets de développement, de soumettre des idées et de signaler les problèmes.

La plateforme, baptisée "Voix de Mati," visait à renforcer la participation citoyenne et à garantir que les voix des habitants de Mati soient entendues et prises en compte dans les décisions de développement. Amidou et son équipe travaillèrent sans relâche pour lancer la plateforme, collaborant avec des développeurs, des designers et des experts en participation communautaire.

Lors du lancement de "Voix de Mati," Amidou présenta la plateforme lors d'une émission spéciale sur AES. "Cette plateforme est une nouvelle étape dans notre engagement pour la transparence et la participation citoyenne," expliqua-t-il. "Nous voulons que chaque citoyen ait la possibilité de contribuer à la construction de notre avenir commun."

La réaction fut enthousiaste. Les citoyens de Mati commencèrent à utiliser la plateforme pour partager leurs idées, signaler des problèmes et participer aux discussions sur les projets de développement. Les autorités locales, conscientes de l'importance de la participation citoyenne, s'engagèrent à prendre en compte les contributions et à répondre aux préoccupations des habitants.

En parallèle, Amidou et son équipe continuèrent à explorer de nouvelles histoires et à mettre en lumière les initiatives locales. Ils se rendirent dans des régions reculées pour documenter les progrès et les défis, mettant en avant les histoires de résilience et de détermination des habitants de Mati.

Un jour, lors d'un reportage dans une petite ville, Amidou rencontra une femme qui avait lancé un projet de coopérative agricole pour soutenir les agriculteurs locaux. "Nous voulons créer une économie locale forte et résiliente," expliqua-t-elle. "En travaillant ensemble, nous pouvons surmonter les défis et améliorer nos conditions de vie."

Amidou, inspiré par cette initiative, décida de consacrer un reportage spécial aux coopératives locales et à leur impact sur le développement économique. Le reportage reçut un accueil chaleureux, encourageant d'autres communautés à lancer des initiatives similaires.

Alors que les mois passaient, Amidou et son équipe ne cessèrent d'innover et de s'adapter aux besoins changeants de Mati. Ils lancèrent de nouvelles séries de reportages sur les arts et la culture, mettant en lumière les talents locaux et célébrant la diversité culturelle du pays.

Un soir, alors qu'Amidou préparait un nouveau reportage, il reçut un appel de Salima. "Nous avons reçu des informations sur une nouvelle tentative de déstabilisation par des groupes dissidents," dit-elle avec inquiétude. "Nous devons enquêter et alerter les autorités."

Amidou, conscient des dangers, rassembla son équipe pour discuter de la situation. Ils décidèrent de mener une enquête approfondie et de collaborer étroitement avec les autorités pour prévenir toute menace.

L'enquête, complexe et délicate, révéla des plans de sabotage et des tentatives de manipulation de l'opinion publique. Amidou et son équipe travaillèrent avec acharnement pour exposer ces plans et informer la population des dangers.

Grâce à leur travail, les autorités purent déjouer les tentatives de déstabilisation, et Amidou, une fois de plus, réalisa l'importance de leur mission. La vérité et la transparence étaient des boucliers puissants contre l'injustice et la manipulation.

Avec cette nouvelle victoire, Amidou se sentit plus déterminé que jamais à poursuivre sa mission. La paix et la prospérité de Mati dépendaient de la vigilance et de l'engagement de chaque citoyen, et Amidou était prêt à continuer à lutter pour un avenir meilleur.

Alors que l'année avançait, Amidou se tenait sur la colline surplombant la ville, réfléchissant aux défis et aux succès. La route était encore longue, mais chaque jour apportait une nouvelle opportunité de construire, d'inspirer et de progresser. Amidou, entouré de son équipe dévouée et soutenu par son peuple, était prêt à affronter tous les défis à venir.

La lumière du matin baignait la ville d'une lueur dorée, symbole d'un nouveau départ et d'un avenir plein de promesses. Amidou, empli d'espoir et de détermination, descendit la colline, prêt à continuer son travail avec passion et engagement. La mission pour la vérité et la justice continuait, et Amidou savait que, avec la solidarité et la résilience de son peuple, ils pouvaient surmonter toutes les épreuves et construire un avenir radieux pour Mati.

Amidou et son équipe, motivés par leur succès récent, décidèrent d'approfondir leurs investigations et de s'attaquer à des sujets encore plus complexes. Ils commencèrent par examiner les systèmes de gouvernance locaux et la manière dont les fonds publics étaient gérés. Leur objectif était de promouvoir la transparence et la responsabilité à tous les niveaux du gouvernement.

Amidou organisa une série d'interviews avec des fonctionnaires locaux, des représentants de la société civile et des experts en gouvernance. Il devint rapidement clair que, bien que des progrès aient été réalisés, de nombreux défis subsistaient, notamment en matière de corruption et de mauvaise gestion des ressources.

Lors d'une réunion avec un groupe de citoyens, Amidou fut frappé par le courage d'une jeune femme qui avait osé dénoncer des pratiques corruptives dans sa communauté. "Nous ne pouvons plus tolérer ces abus," déclara-t-elle avec détermination. "Il est temps de tenir nos dirigeants responsables et de garantir que les ressources publiques soient utilisées pour le bien commun."

Inspiré par ce témoignage, Amidou décida de lancer une campagne médiatique pour encourager les citoyens à signaler les cas de corruption et de mauvaise gestion. Il mit en place une ligne de dénonciation anonyme et organisa des ateliers de formation pour sensibiliser la population aux mécanismes de la transparence et de la responsabilité.

La campagne eut un impact significatif. De nombreux cas de corruption furent signalés, et plusieurs enquêtes furent ouvertes. Amidou et son équipe se retrouvèrent à jongler entre les reportages sur ces enquêtes et les initiatives de sensibilisation. La tâche était immense, mais ils étaient résolus à ne pas céder face aux obstacles.

En parallèle, Amidou continua de couvrir les efforts de reconstruction et de développement économique. Il suivit de près les progrès des coopératives agricoles et des start-ups technologiques, documentant les succès et les défis de ces initiatives. Il mit également en lumière des histoires inspirantes de résilience et d'innovation, montrant comment les habitants de Mati travaillaient ensemble pour bâtir un avenir meilleur.

Un jour, Amidou reçut une invitation à participer à une conférence internationale sur le journalisme d'investigation et la lutte contre la corruption. La conférence, qui réunissait des journalistes et des experts du monde entier, était une opportunité unique d'échanger des idées et des stratégies pour renforcer la transparence et la responsabilité.

Amidou accepta avec enthousiasme l'invitation et se rendit à la conférence avec Koumba. Les discussions furent riches et stimulantes, abordant des sujets tels que l'utilisation des technologies de l'information pour lutter contre la corruption, le rôle des médias dans la promotion de la transparence et les défis de la protection des lanceurs d'alerte.

Lors d'un atelier sur le journalisme d'investigation, Amidou partagea son expérience et les leçons tirées de ses enquêtes à Mati. "La transparence et la vérité sont les piliers de notre société," dit-il. "En tant que journalistes, nous avons la responsabilité de mettre en lumière les injustices et de donner une voix à ceux qui sont réduits au silence."

Les participants furent impressionnés par son dévouement et son courage. Amidou revint à Mati avec de nouvelles idées et une énergie renouvelée, prêt à continuer son combat pour la vérité et la justice.

De retour à Mati, Amidou et son équipe se concentrèrent sur un nouveau projet ambitieux : un documentaire sur les défis et les succès de la reconstruction post-conflit. Le documentaire, intitulé "Renaissance de Mati," visait à raconter l'histoire de la résilience et de l'espoir du peuple de Mati, tout en mettant en lumière les leçons apprises et les défis à venir.

Le tournage du documentaire fut une expérience intense et enrichissante. Amidou et son équipe parcoururent le pays, interviewant des citoyens, des leaders communautaires et des experts, capturant des moments de joie, de lutte et de transformation. Ils découvrirent des histoires inspirantes de courage et de solidarité, montrant comment le peuple de Mati se reconstruisait et se réinventait.

Lors de la première du documentaire, Amidou ressentit une immense fierté. La salle était remplie de visages familiers, tous impatients de voir leur histoire racontée à l'écran. "Renaissance de Mati" fut accueilli par des applaudissements et des ovations, touchant profondément les spectateurs et renforçant leur détermination à continuer à travailler pour un avenir meilleur.

Après la projection, Amidou prit la parole pour remercier tous ceux qui avaient participé au documentaire. "Ce film est un hommage à la résilience et à la force de notre peuple," dit-il. "Il montre que, malgré les épreuves, nous avons la capacité de nous relever et de construire un avenir de paix et de prospérité."

La réussite du documentaire renforça la notoriété d'Amidou et de son équipe, leur donnant une plateforme encore plus grande pour influencer le discours public et promouvoir la transparence et la justice.

Les mois suivants furent marqués par de nouveaux défis et de nouvelles opportunités. Amidou et son équipe continuèrent à enquêter, à informer et à inspirer, toujours guidés par leur engagement envers la vérité et la transparence.

Alors que l'année avançait, Amidou se tenait une fois de plus sur la colline surplombant la ville, observant les lumières scintillantes et réfléchissant au chemin parcouru. La route était encore longue, mais il savait que, avec la solidarité et la résilience de son peuple, ils pouvaient surmonter toutes les épreuves et construire un avenir radieux pour Mati.

Avec une nouvelle année à l'horizon, Amidou se sentit prêt à continuer sa mission, déterminé à faire de Mati un modèle de paix, de justice et de développement durable. La vérité et la transparence étaient ses armes, et avec elles, il était convaincu qu'ils pouvaient transformer leur pays et inspirer le monde.

Au fur et à mesure que le temps passait, les efforts d'Amidou et de son équipe commencèrent à porter leurs fruits de manière tangible. Les initiatives de transparence et de participation citoyenne prirent racine dans la société de Mati, entraînant des réformes significatives et une plus grande responsabilisation des dirigeants.

Un jour, alors qu'Amidou visitait une école secondaire pour documenter les progrès dans le secteur de l'éducation, il fut abordé par un groupe d'étudiants. L'un d'eux, un jeune garçon nommé Issa, lui dit : "Merci pour votre travail. Grâce à vous, nous avons appris l'importance de la vérité et de la participation citoyenne. Nous voulons aussi contribuer à notre pays."

Touché par ces paroles, Amidou réalisa l'impact profond de son travail sur les jeunes générations. Il décida de lancer un programme éducatif sur AES, visant à enseigner aux enfants et aux adolescents les valeurs de la démocratie, de la transparence et de la responsabilité.

Le programme, intitulé "Futurs leaders," devint rapidement populaire. Il présentait des leçons interactives, des discussions avec des experts et des témoignages inspirants de jeunes engagés dans des initiatives communautaires. Amidou et son équipe s'assurèrent que chaque épisode soit accessible et engageant, avec pour objectif d'inspirer les jeunes à devenir des citoyens actifs et informés.

Alors que les résultats positifs de ces initiatives se multipliaient, Amidou reçut une autre reconnaissance prestigieuse : il fut invité à s'adresser à l'Assemblée générale des Nations Unies lors d'un débat sur le rôle des médias dans la promotion de la paix et de la justice. Cette invitation était une reconnaissance internationale de l'impact de son travail et de celui de son équipe.

Lors de son discours à l'ONU, Amidou partagea les expériences et les leçons tirées de son travail à Mati. "La vérité et la transparence sont essentielles pour construire des sociétés justes et pacifiques," déclara-t-il.

"En tant que journalistes, nous avons le pouvoir et la responsabilité de donner une voix à ceux qui sont souvent réduits au silence et de mettre en lumière les injustices. Mais nous avons aussi besoin du soutien de la communauté internationale pour renforcer nos efforts et protéger notre liberté de parole."

Le discours d'Amidou fut accueilli par des applaudissements enthousiastes, renforçant sa détermination à poursuivre son combat pour la vérité et la justice. De retour à Mati, il trouva un soutien renouvelé de la part de la communauté internationale, ce qui permit de lancer de nouvelles initiatives et de renforcer les programmes existants.

Avec le succès de "Renaissance de Mati" et les nouvelles ressources à leur disposition, Amidou et son équipe décidèrent de produire une suite, axée cette fois sur les innovations technologiques et les initiatives écologiques qui transformaient Mati. Ils voulaient montrer comment la technologie et le développement durable pouvaient aller de pair pour créer un avenir prospère et respectueux de l'environnement.

Le nouveau documentaire, intitulé "Mati 2.0," mit en lumière des projets innovants tels que des fermes solaires, des systèmes d'irrigation intelligents et des applications mobiles facilitant l'accès à l'éducation et aux soins de santé. Amidou et son équipe interviewèrent des entrepreneurs, des ingénieurs et des agriculteurs, capturant les défis et les succès de ces initiatives avant-gardistes.

Lors de la première de "Mati 2.0," Amidou se sentit une fois de plus empli de fierté et de gratitude. Le documentaire fut acclamé, renforçant encore la réputation de son équipe comme des leaders dans le journalisme d'investigation et l'innovation sociale.

Chapitre 10 : Les nouveaux défis

Alors que la popularité de ses initiatives grandissait, Amidou sentit le besoin de renforcer la sécurité et la résilience de son équipe. Les menaces contre les journalistes et les activistes se faisaient plus pressantes, et Amidou savait que leur travail les mettait en danger. Il décida donc de former son équipe à la sécurité numérique et physique, s'assurant qu'ils soient préparés à faire face à toute tentative d'intimidation ou de violence.

Parallèlement, Amidou et son équipe poursuivirent leurs efforts pour renforcer les institutions démocratiques de Mati. Ils organisèrent des forums de discussion avec des leaders politiques, des représentants de la société civile et des citoyens, afin de débattre des réformes nécessaires pour garantir des élections libres et équitables.

Un jour, lors d'un de ces forums, Amidou fut approché par un ancien ministre réformiste. "Votre travail est essentiel pour notre pays," lui dit le ministre. "Mais nous avons besoin de plus de soutien pour assurer que les réformes soient mises en place de manière efficace et transparente."

Amidou, conscient de l'importance de cette demande, décida de consacrer une série de reportages aux processus électoraux et aux réformes politiques. Il mit en lumière les efforts pour améliorer la transparence des élections, renforcer les institutions judiciaires et promouvoir la participation citoyenne.

Ces reportages suscitèrent un grand intérêt et incitèrent les autorités à accélérer les réformes. Amidou reçut de nombreux messages de soutien de la part des citoyens, exprimant leur gratitude pour son travail et leur espoir en un avenir plus démocratique et transparent.

Cependant, Amidou savait que le chemin vers une démocratie stable et prospère était parsemé d'embûches. Il décida de se concentrer également sur les problèmes socio-économiques qui affligeaient encore Mati. La pauvreté, le chômage et l'accès limité aux services de base demeuraient des défis majeurs, et Amidou était déterminé à mettre ces questions au cœur du débat public.

Il lança une nouvelle série de reportages intitulée "Mati en mutation," explorant les initiatives locales et les politiques gouvernementales visant à résoudre ces problèmes. Il visita des centres de formation professionnelle, des projets de développement rural et des programmes de soutien aux entrepreneurs, documentant les succès et les défis de ces efforts.

Lors d'un de ses reportages, Amidou rencontra un groupe de femmes qui avaient lancé une entreprise de couture dans une petite ville. "Nous avons commencé avec presque rien," expliqua l'une d'elles. "Mais avec du travail acharné et le soutien de notre communauté, nous avons pu créer des emplois et améliorer nos conditions de vie."

Amidou, inspiré par cette histoire, décida de consacrer un épisode entier de son émission à ces femmes et à leur entreprise. Il mit en lumière leur détermination et leur ingéniosité, montrant comment les initiatives locales pouvaient avoir un impact profond sur les communautés.

Le succès de "Mati en mutation" renforça encore la détermination d'Amidou à poursuivre son travail. Il savait que chaque reportage, chaque initiative et chaque documentaire contribuait à façonner l'avenir de Mati et à inspirer les citoyens à s'engager pour le bien commun.

Un soir, alors qu'il rentrait chez lui après une longue journée de travail, Amidou reçut un appel de Koumba. "Amidou, nous avons reçu des informations sur une crise humanitaire dans une région reculée. Des centaines de familles sont en détresse et ont besoin d'aide urgente."

Amidou, sans hésiter, rassembla son équipe et partit immédiatement pour la région affectée. Ils découvrirent une situation désespérée, avec des familles manquant de nourriture, d'eau et de soins médicaux. Amidou et son équipe documentèrent la crise avec une grande sensibilité, attirant l'attention des autorités et des organisations humanitaires.

Grâce à leur reportage, des secours furent rapidement organisés et des ressources acheminées vers la région. Amidou, une fois de plus, réalisa l'importance de son travail et la responsabilité qui pesait sur ses épaules.

Avec chaque défi, Amidou et son équipe se sentaient plus unis et déterminés. Ils savaient que leur mission était essentielle pour le futur de Mati, et ils étaient prêts à continuer à lutter pour la vérité, la justice et la dignité humaine.

Alors que l'année avançait, Amidou se tenait une fois de plus sur la colline surplombant la ville, observant les lumières scintillantes et réfléchissant au chemin parcouru. La route était encore longue, mais il savait que, avec la solidarité et la résilience de son peuple, ils pouvaient surmonter toutes les épreuves et construire un avenir radieux pour Mati.

Au retour de la région en crise, Amidou et son équipe se plongèrent immédiatement dans la préparation d'un reportage approfondi sur la situation. Ils voulaient non seulement attirer l'attention sur cette urgence, mais aussi explorer les causes profondes de la crise humanitaire et proposer des solutions durables.

Les images poignantes et les témoignages recueillis sur le terrain firent rapidement le tour des réseaux sociaux et des médias traditionnels, suscitant une vague de solidarité et de soutien à travers le pays. Les dons affluèrent, et des bénévoles se mobilisèrent pour venir en aide aux familles affectées.

Amidou organisa une table ronde avec des experts en gestion de crise, des responsables gouvernementaux et des représentants d'organisations non gouvernementales pour discuter des mesures à prendre pour prévenir de telles situations à l'avenir. Ils parlèrent de la nécessité de renforcer les infrastructures, de promouvoir des pratiques agricoles durables et de garantir un accès équitable aux ressources.

Les discussions furent fructueuses, et des actions concrètes furent rapidement mises en place. Des centres de distribution de nourriture et d'eau furent établis, des cliniques mobiles furent déployées, et des programmes de formation furent lancés pour aider les agriculteurs à adopter des techniques résilientes face aux changements climatiques.

Parallèlement, Amidou continua de sensibiliser le public aux enjeux environnementaux et sociaux à travers ses reportages. Il mit en lumière des initiatives locales de reforestation, des projets de conservation de l'eau et des efforts pour promouvoir l'énergie renouvelable. Chaque reportage montrait comment les habitants de Mati travaillaient ensemble pour construire un avenir plus durable et équitable.

Un jour, alors qu'il préparait un reportage sur un projet de microfinance dans une petite communauté, Amidou reçut une nouvelle alarmante : des manifestations violentes avaient éclaté dans la capitale.

Les manifestants protestaient contre la corruption et l'inégalité, exigeant des réformes immédiates.

Amidou se rendit sur place pour couvrir les événements. Il documenta les revendications des manifestants, les réponses du gouvernement et les tensions croissantes entre les différents groupes. Son objectif était de fournir une couverture équilibrée et informée, tout en mettant en lumière les causes sous-jacentes de la colère populaire.

Les jours suivants furent intenses, avec des affrontements sporadiques entre les manifestants et les forces de l'ordre. Amidou et son équipe restèrent sur le terrain, rapportant les faits avec courage et intégrité. Ils mirent également en avant les appels au dialogue et à la réconciliation, espérant contribuer à une résolution pacifique du conflit.

Alors que la situation se stabilisait lentement, Amidou organisa un débat télévisé avec des représentants des manifestants, des autorités et des experts en politique. Ils discutèrent des revendications, des réformes nécessaires et des moyens de restaurer la confiance entre le peuple et le gouvernement.

Le débat fut suivi par des millions de téléspectateurs et suscita un vif intérêt. Les participants, malgré leurs divergences, s'engagèrent à travailler ensemble pour trouver des solutions aux problèmes de Mati. Amidou espérait que ce débat marquerait le début d'un processus de réconciliation et de réforme.

Peu après, Amidou et son équipe décidèrent de se concentrer sur une série de reportages sur la jeunesse de Mati. Ils voulaient montrer comment les jeunes prenaient en main leur avenir, malgré les défis auxquels ils étaient confrontés. Ils visitèrent des écoles, des centres de formation professionnelle, des clubs de jeunes et des startups, mettant en avant des histoires de résilience, d'innovation et d'engagement communautaire.

Un reportage particulièrement marquant fut celui sur un groupe de jeunes ingénieurs qui avaient développé une application mobile pour faciliter l'accès aux soins de santé en milieu rural. "Nous voulons utiliser la technologie pour améliorer la vie des gens," expliqua l'un des créateurs de l'application. "Notre application permet aux habitants des zones reculées de consulter des médecins à distance et de recevoir des conseils médicaux."

Amidou, impressionné par cette initiative, consacra une émission spéciale à ces jeunes ingénieurs et à leur projet. L'émission reçut des éloges et suscita un grand intérêt, encourageant d'autres jeunes à poursuivre des projets similaires.

Alors que les mois passaient, Amidou et son équipe ne cessèrent d'innover et de s'adapter aux défis et aux opportunités qui se présentaient. Ils lancèrent de nouvelles séries de reportages sur des sujets variés, allant des arts et de la culture aux sciences et à la technologie. Ils continuèrent à promouvoir la transparence, la responsabilité et la participation citoyenne, convaincus que ces valeurs étaient essentielles pour l'avenir de Mati.

Un soir, alors qu'Amidou se préparait à enregistrer une émission en direct, il reçut un appel urgent de Salima. "Amidou, nous avons une nouvelle grave," dit-elle avec une voix tremblante. "Gilbert et Jeanne préparent une campagne de désinformation massive pour discréditer notre travail et déstabiliser le pays. Nous devons agir vite."

Amidou, conscient de l'importance de cette menace, rassembla son équipe pour élaborer une stratégie. Ils décidèrent de mener une enquête approfondie sur les plans de Gilbert et Jeanne, tout en renforçant leurs propres mesures de sécurité et de vérification des informations.

L'enquête révéla des détails troublants sur la campagne de désinformation, notamment des fausses nouvelles, des vidéos manipulées et des comptes de réseaux sociaux créés pour semer la discorde. Amidou et son équipe travaillèrent jour et nuit pour démanteler cette campagne et informer le public sur les dangers de la désinformation.

Ils lancèrent une série de reportages et d'émissions spéciales pour éduquer les citoyens sur la manière de reconnaître et de contrer la désinformation. Ils collaborèrent également avec des experts en cybersécurité et des organisations de la société civile pour renforcer la résilience de la population face à ces attaques.

La campagne de Gilbert et Jeanne fut rapidement exposée, et leur crédibilité en prit un coup. Amidou et son équipe, une fois de plus, démontrèrent la puissance de la vérité et de la transparence. Ils reçurent de nombreux messages de soutien de la part de citoyens reconnaissants, renforçant leur détermination à continuer leur mission.

Avec chaque défi surmonté, Amidou et son équipe se sentaient plus forts et plus unis. Ils savaient que leur travail était essentiel pour l'avenir de Mati, et ils étaient prêts à affronter toutes les épreuves pour défendre la vérité et la justice.

Alors que l'année touchait à sa fin, Amidou se tenait une fois de plus sur la colline surplombant la ville, observant les lumières scintillantes et réfléchissant au chemin parcouru. La route était encore longue, mais il savait que, avec la solidarité et la résilience de son peuple, ils pouvaient surmonter toutes les épreuves et construire un avenir radieux pour Mati.

Amidou, entouré de son équipe dévouée et soutenu par son peuple, se sentit prêt à continuer sa mission avec passion et détermination. La lumière du matin baignait la ville d'une lueur dorée, symbole d'un nouveau départ et d'un avenir plein de promesses.

Avec chaque défi surmonté, Amidou et son équipe se sentaient plus forts et plus unis. Ils savaient que leur travail était essentiel pour l'avenir de Mati, et ils étaient prêts à affronter toutes les épreuves pour défendre la vérité et la justice.

Alors que l'année touchait à sa fin, Amidou se tenait une fois de plus sur la colline surplombant la ville, observant les lumières scintillantes et réfléchissant au chemin parcouru. La route était encore longue, mais il savait que, avec la solidarité et la résilience de son peuple, ils pouvaient surmonter toutes les épreuves et construire un avenir radieux pour Mati.

Amidou, entouré de son équipe dévouée et soutenu par son peuple, se sentit prêt à continuer sa mission avec passion et détermination. La lumière du matin baignait la ville d'une lueur dorée, symbole d'un nouveau départ et d'un avenir plein de promesses.

Les mois suivants furent marqués par une série de réussites. Le gouvernement, sous la pression des citoyens et des médias, adopta une série de réformes visant à renforcer la transparence et à lutter contre la corruption. Les initiatives locales se multiplièrent, avec des projets de développement durable, de protection de l'environnement et de soutien aux populations vulnérables.

Amidou et son équipe continuèrent à jouer un rôle central dans ce processus de transformation. Ils lancèrent de nouvelles séries de reportages, organisèrent des débats publics et participèrent à des campagnes de sensibilisation. Ils ne se contentaient plus seulement de rapporter les faits, mais s'impliquaient activement dans la construction d'un avenir meilleur pour Mati.

Un jour, Amidou reçut une invitation à participer à une conférence internationale sur la liberté de la presse et la démocratie. Il y retrouva des collègues journalistes et des militants des droits de l'homme de divers pays, partageant leurs expériences et leurs stratégies pour promouvoir la transparence et la justice. Le discours d'Amidou fut acclamé, et il revint à Mati avec un réseau élargi de soutiens et de nouvelles idées pour renforcer leur mission.

Cependant, Amidou savait que la vigilance restait de mise. Les forces qui cherchaient à déstabiliser Mati n'avaient pas disparu, et les menaces de désinformation et de corruption étaient toujours présentes. Amidou et son équipe décidèrent de créer un centre de ressources pour les journalistes et les citoyens, offrant des formations en vérification des faits, en sécurité numérique et en journalisme d'investigation.

Ce centre devint rapidement un lieu de rencontre et de collaboration pour ceux qui partageaient leur engagement envers la vérité et la justice. Des journalistes, des étudiants, des activistes et des citoyens ordinaires y affluaient pour apprendre, échanger et s'inspirer mutuellement. Amidou et son équipe, désormais des mentors et des leaders, continuaient de travailler sans relâche pour soutenir et renforcer cette communauté.

Le succès de leurs initiatives ne passa pas inaperçu. Les médias internationaux commencèrent à s'intéresser à leur travail, et des articles et des reportages sur Amidou et son équipe furent publiés dans des journaux et diffusés sur des chaînes de télévision du monde entier. Leur histoire devint un symbole d'espoir et de résilience, inspirant d'autres journalistes et militants à travers le globe.

Un soir, alors qu'ils célébraient la fin de l'année avec leur équipe et leurs proches, Amidou prit la parole. "Nous avons parcouru un long chemin," dit-il. "Nous avons surmonté des défis immenses et accompli des choses extraordinaires. Mais notre mission n'est pas terminée. Nous devons continuer à lutter pour la vérité, la justice et la dignité humaine. Ensemble, nous pouvons faire de Mati un exemple pour le monde entier."

Les applaudissements et les acclamations résonnèrent dans la salle, porteurs d'une énergie et d'une détermination renouvelées. Amidou sentit une profonde gratitude envers son équipe et son peuple, convaincu que, quels que soient les défis à venir, ils étaient prêts à les affronter ensemble.

La nouvelle année s'annonçait pleine de promesses et de possibilités. Amidou, avec sa vision claire et son engagement inébranlable, se sentait prêt à continuer sa mission avec une passion et une détermination encore plus grandes. Il savait que la route serait longue et parfois difficile, mais il était convaincu que, grâce à la solidarité et à la résilience de son peuple, ils pouvaient surmonter toutes les épreuves et bâtir un avenir radieux pour Mati.

Et ainsi, avec le soutien de son équipe et de sa communauté, Amidou se tenait prêt à affronter les défis de demain, déterminé à faire entendre la voix de la vérité et à construire un monde meilleur pour tous.

❧

AVEC CE DERNIER CHAPITRE, l'histoire d'Amidou et de son équipe se termine, mais leur mission continue. Leur combat pour la vérité, la justice et la transparence est un rappel puissant de l'importance du journalisme d'investigation et de l'engagement citoyen dans la construction d'un avenir meilleur. Amidou et son équipe ont montré que, même face à des défis immenses, la résilience, la solidarité et la détermination peuvent triompher, inspirant ainsi des générations à venir à poursuivre cette noble quête.

About the Author

Bréhima DIARRA est un professionnel polyvalent, alliant une passion pour les technologies de l'information à une expertise littéraire affirmée. Titulaire d'une Licence en Lettres et d'un Master en Lettres de l'Université de Langues, de Lettres et de Sciences Humaines de Bamako, il est également diplômé en Sciences de l'Informatique de l'École Supérieure Privée de Technologie et de Management en Tunisie.

Fort de son expérience en développement de solutions informatiques et en rédaction de contenus de qualité, Bréhima a su se démarquer dans divers domaines professionnels. Chef d'Équipe à l'Institut National de Statistique, mettant en avant ses compétences en gestion et coordination.

Sa carrière littéraire est marquée par son rôle de traducteur et transcripteur au sein de Robot Mali, où il a contribué à la traduction de documents entre le Bambara, le Français et l'Anglais. En parallèle, il a conçu des campagnes publicitaires innovantes pour diverses plateformes numériques chez l'Agence de Production d'Applications de Publicité.

En plus de ses compétences techniques et littéraires, Bréhima possède une solide formation en langues, comprenant le Français, l'Anglais, le Bambara, le Malinké et le Djula. Ses diverses certifications, dont une en chinois de l'Institut Confucius au Mali, témoignent de son engagement envers l'apprentissage continu et l'excellence professionnelle.

Bréhima DIARRA réside à Bamako, Mali, et reste un fervent défenseur de l'intégration des technologies et de la littérature pour enrichir la société. Son parcours illustre une passion pour l'innovation et un engagement profond envers l'éducation et le développement personnel.